collection

cascade

Policier

THOMAS BREZINA

LE SECRET DE LA MOMIE ROUGE

ILLUSTRATIONS DE
MICHEL RIU

RAGEOT•ÉDITEUR

Cet ouvrage a paru sous le titre :
DIE RACHE DER ROTEN MUMIE
Traduction : G. Beaufils-Godde
Couverture : Christophe Besse
ISBN 2-7002-2758-1
ISSN 1142-8252

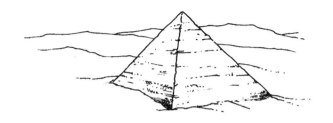

LE TOMBEAU SOUTERRAIN

– On doit vraiment passer par là ? demanda anxieusement Pauline en regardant l'escalier de bois vermoulu qui descendait cinq mètres plus bas.

Le chauffeur de taxi haussa les épaules devant sa vieille guimbarde.

Mathieu se pencha pour examiner le trou. Au pied de l'escalier s'ouvrait une galerie maçonnée.

– C'est peut-être un tombeau souterrain, comme on en trouve beaucoup en Égypte, dit-il à ses amis Lise, Axel et Pauline.

Tous les trois soupirèrent en silence et secouèrent la tête.

– Est-ce que Maman est dans la galerie avec le professeur Karlof ? demanda Axel.

Le chauffeur réfléchit un instant et traduisit :

– Maman et... professeur... vous attendent !

Axel se tourna vers les autres :

– Ma mère m'a écrit qu'elle suivait le professeur Karlof sur chaque site de fouille. Ici, dans les environs de Louxor, Karlof a découvert des tombes monumentales dont personne ne connaissait l'existence. Ils doivent être dans la galerie. Voilà pourquoi le chauffeur nous a déposés ici.

Lise hésitait. La nuit tombait et une lampe brillait dans la galerie souterraine, preuve que quelqu'un était descendu dans le puits peu de temps auparavant.

– On y va ! reprit le chauffeur de taxi en montrant du doigt les bagages des K.

Lise acquiesça :

– Allez ! Direction madame Klingmeier et le professeur Karlof !

Et elle descendit la première l'escalier étroit en bois brut.

Un air chaud et étouffant l'enveloppa. Le tunnel qui s'ouvrait devant elle faisait bien trois mètres de large. Il n'était cependant pas assez haut pour lui permettre de se tenir debout. Tous les cinq mètres environ, une lampe à pétrole éclairait les parois lisses de la galerie.

– Chacun prend une lampe ! ordonna Lise.

Elle était souvent désignée comme le cerveau de la bande et faisait en général honneur à sa réputation.

– Si les lampes brûlent, c'est qu'il y a suffisamment d'oxygène pour respirer dans le tombeau ! dit-elle en réfléchissant à haute voix.

Elle s'inquiétait seulement de cette poussière qui grattait la gorge et empêchait d'inhaler normalement.

« J'ai l'impression que quelque chose cloche dans cette galerie ! » songea-t-elle.

– Tu prends racine ou bien tu es collée sur un chewing-gum ? demanda Axel, qui la suivait.

– Face de macaque, lui rétorqua Lise.

Elle prit une lampe et, baissant la tête, avança à tâtons dans le tunnel.

– Vous êtes sûrs qu'on est dans un tombeau ? demanda Mathieu qui fermait la marche.

– Ha, ha, très drôle ! rétorqua Lise.

Elle ressentait toujours un sentiment de malaise. Le plafond de la galerie semblait s'incliner. Les pierres risquaient de les écraser. Une peur incontrôlée la gagnait.

Elle tourna la tête, laissa échapper un léger cri. Elle se trouvait nez à nez avec une momie de la taille d'une poupée à l'allure humaine.

– C'est la momie d'un babouin, dit Axel à voix basse. Maman m'a dit au téléphone qu'ils avaient aussi découvert des momies d'aigles, de serpents, de rats et même de grenouilles. Les animaux sont morts depuis des millénaires mais très bien conservés.

Pauline frissonna :

– Nous troublons le repos éternel des animaux, dit-elle.

Elle s'agrippa à la chemise d'Axel.

– Fini... terminus ! la galerie s'arrête ici ! annonça Lise.

Devant elle, il y avait un mur de pierre qu'elle inspecta. Sous l'épaisse couche de poussière, des signes étaient gravés dans la roche. Les trois autres la rejoignirent et éclairèrent les parois et le plafond de la galerie.

Tout à coup, le sol trembla sous leurs pieds et se mit à grincer. Ils glissèrent au fond du puits en poussant un cri d'effroi. Axel tenta de sauter dans la galerie. Mais il était trop tard. Il retomba sur la dalle de pierre.

« Je le savais bien ! se dit Lise en un éclair. Quelque chose cloche. Il y a un piège. »

Elle se mordit les lèvres. Que se passait-il ? Qui les avait attirés dans cette chambre funéraire souterraine ? Et pourquoi ?

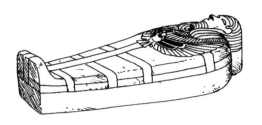

DANS LE SARCOPHAGE

Dans une brusque secousse, leur « ascenseur » pharaonique termina sa course. Des nuages de fine poussière s'élevèrent et les K se mirent à tousser. Leurs yeux pleuraient et leurs dents crissaient.

– Je veux sortir ! s'exclama Pauline.

– Et nous, donc ! répliqua Lise. Tu crois qu'on a envie de dormir ici, peut-être ?

– Maman ! Professeur Karlof ! Où êtes-vous ? cria Axel dans l'obscurité.

Il n'obtint aucune réponse mais perçut au loin un léger grattement comme une pelle de métal heurtant la pierre.

– Il doit leur être arrivé quelque chose. Peut-être qu'ils sont enfermés dans une tombe !

Chaque membre des K avait toujours une petite lampe dans sa poche. Elle n'était pas plus grosse qu'un stylo-bille mais produisait un large rayon lumineux. Le garçon balaya les alentours. Ils se trouvaient dans une galerie plus vaste que la précédente. Devant eux, un passage s'ouvrait dans le mur.

Le garçon s'en approcha. Il transpirait à grosses gouttes et respirait péniblement. Il poussa un petit cri, lorsqu'il découvrit une quantité innombrable de momies longilignes entassées les unes sur les autres. Axel supposa qu'il s'agissait de crocodiles. Il ne devait plus rester grand-chose de ces animaux, car une armée de fourmis blanches grouillait sur les bandelettes grises. Certains avaient déjà été complètement dévorés et des bouts d'os blancs dépassaient des lambeaux d'étoffe.

Ils entendirent à nouveau le grattement et Mathieu crut même percevoir un lointain appel. Les K se faufilèrent dans le tunnel en courbant la tête.

– Des momies, il y a des momies d'animaux partout ! dit Mathieu d'une voix blanche.

– Les bruits viennent de la chambre funéraire devant nous, murmura Lise et elle dirigea le rayon de sa lampe de poche vers le fond de la galerie.

Au milieu de la salle trônait un coffre de pierre orné de hiéroglyphes, certainement un sarcophage.

– On dirait que quelqu'un bouge à l'intérieur, s'étrangla Mathieu.

Une horrible pensée traversa l'esprit des K : et si la mère d'Axel ou l'archéologue avec lequel elle travaillait se trouvait dans le cercueil ?

– Il y a une plaque de pierre sur le sarcophage, chuchota Lise. Elle est de travers. Et il y a des traces de doigts dans la poussière : quelqu'un a ouvert la tombe.

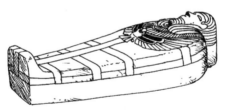

Le cœur des K battait et la sueur perlait sur leur front tandis qu'ils se mettaient au travail. Ils appuyèrent de toutes leurs forces sur la pierre, mais elle ne bougea pas.

– Encore une fois ! ordonna Lise.

À nouveau, les K poussèrent la pierre froide. Le couvercle du sarcophage finit par céder. Il glissa sur le côté dans un léger crissement.

Une odeur écœurante s'en dégagea et le enfants reculèrent. Ils se bouchèrent le nez et Axel demanda :

– Maman, tu es… ?

Il s'arrêta net en découvrant en face de lui, derrière le sarcophage, une momie enveloppée dans des bandelettes d'un rouge sale, appuyée dans une niche contre le mur. À la place des yeux, deux orbites noires fixaient les K. Au ralenti, elle leva les bras et les tendit dans leur direction. Les mains pendaient mollement. L'apparition se mit en mouvement à pas raides.

Axel, Lise, Pauline et Mathieu tournèrent les talons et se précipitèrent hors de la galerie en hurlant.

La momie rouge les suivait à pas lents et réguliers.

Tout à coup, les K entendirent des battements d'ailes. Ils tentèrent de se protéger la tête de leurs bras. Des bêtes sombres aux larges ailes voletaient autour d'eux.

– Des chauves-souris ! Ce ne sont que des chauves-souris ! s'écria Pauline. On ne risque rien. Il doit y avoir une issue, sinon elles n'auraient pas pu entrer.

Lise éclaira les parois d'une main tremblante et découvrit une mince fente entre le sol et le mur. Elle était juste assez large pour permettre aux quatre enfants de sortir en rampant.

Dans leur affolement, les K avaient oublié la momie rouge. Entre-temps, elle les avait rejoints. Elle posa la main sur la tête de Pauline qui hurla. Sa voix résonna dans les salles souterraines mais ne troubla pas la momie rouge qui avançait toujours.

– Sur le ventre, par ici ! ordonna Lise.

Elle ne laissa pas à ses amis le temps de réfléchir. Axel s'engagea le premier dans l'étroit passage. Mathieu et Lise y poussèrent à sa suite la pauvre Pauline, encore sous le choc.

Lorsque Lise se mit à plat ventre à son tour, elle entendit un léger crissement.

– Vite ! Le mur s'affaisse ! cria Axel de l'autre côté.

Encore quelques secondes et la momie rouge allait rattraper la fillette. Lise se mit à ramper dans la poussière en donnant des coups de pied derrière elle.

– Lâchez-moi ! hurla-t-elle quand elle sentit la main glacée et desséchée de la momie sur ses mollets nus. Ses forces l'abandonnaient. Elle avait la respiration coupée. Un voile rouge passa devant ses yeux. Ses oreilles étaient comme bouchées et ses tempes battaient.

Le voyage en Égypte, ce merveilleux et mystérieux pays au bord du Nil, s'achevait à peine commencé.

LA MOMIE ROUGE

– Il faut lui donner à boire ! Je vais chercher de l'eau, déclara Mathieu à voix basse.

Axel caressait les cheveux blonds de Lise, et lui appliquait de petites tapes sur les joues. Mais son amie ne revenait pas à elle.

– Le Nil est à quelques pas d'ici. Je pourrai rapporter de l'eau ! proposa à nouveau Mathieu.

Axel refusa.

– L'eau n'est pas potable. Elle est pleine de bactéries qui donnent des diarrhées mortelles. En plus, il y a des vers dans la vase, qui traversent la peau, atteignent les vaisseaux sanguins et transmettent des maladies terribles.

Pauline était assise, adossée à une pierre et fixait le ciel sombre empli d'étoiles. Encore à demi paralysée par la peur, elle ne sentait pas la fraîcheur de la nuit. Axel était parvenu in extremis à saisir Lise par les mains. Deux secondes plus tard, la paroi de pierre s'était affaissée et avait refermé le tombeau. La momie rouge ne pouvait donc plus les poursuivre. Ils se trouvaient à présent dans une pièce vide qui donnait sur l'extérieur.

Axel, Mathieu et Pauline avaient traîné leur compagne inconsciente à l'air libre et l'avaient allongée sur le sol.

– Est-ce qu'il y a des scorpions ici ? demanda Axel.

Une seule piqûre de ces animaux était mortelle. Le garçon éclaira le sol autour de Lise.

Le craquement d'une branche morte le fit sursauter. Il dirigea le faisceau de sa lampe dans la direction d'où venait le bruit.

– Qui êtes-vous ? cria-t-il quand il aperçut le visage barbu d'un homme à la peau sombre.

L'homme portait une sorte de bonnet de laine sur la tête et une longue tunique de lin grossier, comme beaucoup d'hommes en Égypte.

– Qui êtes-vous ? Axel répéta sa question en anglais.

L'homme grimaça un sourire qui ne laissa découvrir que quelques dents.

– Vous pas peur, répondit-il. Mehmed ami. Vous crier. Pourquoi ?

Mehmed découvrit alors Lise toujours inconsciente et se pencha vers elle.

– Vivre hôtel ? s'enquit-il.

– Nous n'habitons pas un hôtel. Nous allons au camp des archéologues. Ma mère nous attend là-bas. Un chauffeur de taxi est venu nous prendre à l'aéroport et nous a conduits à l'entrée d'une tombe souterraine. Mais visiblement, c'était un piège, dit Axel.

Mehmed ne semblait rien comprendre.

– Camp ? répéta-t-il.

– Oui ! oui ! renchérit le garçon en mimant avec sa main les mouvements d'une pelle.

Puis il fit celui qui découvrait quelque chose et l'admirait.

– Ah…

Mehmed semblait avoir compris. Il déversa sur Axel un flot de paroles, souleva Lise avec précaution et fit signe aux autres de le suivre.

Mathieu hésitait.

– Et si lui aussi nous voulait du mal... murmura-t-il à Axel.

Axel réfléchit rapidement. On n'entendait que le chant des cigales et le bruissement du vent du soir. On ne distinguait ni maison ni lumière dans les environs. S'ils ne voulaient pas passer la nuit ici, ils feraient mieux d'accepter l'aide de Mehmed.

– On vous suit ! décida le garçon. Il faut trouver un docteur pour Lise.

Mathieu l'approuva et prit Pauline par la main. Ils glissèrent le long du versant rocheux au bas duquel ils aperçurent à la lueur de la lune un petit bateau à voile qui se balançait sur les flots.

– Je conduire à... Campan, expliqua Mehmed avec un sourire édenté.

– Il veut sûrement dire au campement ! chuchota Axel à son ami Mathieu.

À l'instant où le serviable Égyptien s'apprêtait à monter à bord avec Lise, le mât bougea. Un tissu gris sale vola dans l'air et une ombre rouge apparut.

– La momie rouge ! hurla Pauline.

L'apparition terrifiante leva les bras et se dirigea vers Mehmed.

L'homme bégaya quelques paroles qui semblaient traduire son effroi et recula en trébuchant dans l'obscurité. Il tomba mais se releva aussitôt et déguerpit aussi vite qu'il le put. Bientôt ses cris de terreur s'estompèrent dans les ténèbres.

La momie rouge semblait satisfaite. Elle suivit l'homme du regard puis se tourna vers Axel et Mathieu, qui étaient encore agenouillés près de Lise sur la berge.

– Partez… partez ! hurla Pauline se mettant à escalader le versant. Vite !

– On… on ne peut pas laisser tomber Lise, répondirent les garçons.

L'apparition approchait. Il semblait possible de l'esquiver ou de la fuir, mais on avait l'impression qu'il était impossible de l'arrêter.

Les garçons se plaquèrent au sol pour protéger Lise, toujours inconsciente. Une odeur de pourriture et de décomposition envahit leurs narines quand la momie rouge arriva près d'eux. Axel en eut le souffle coupé. Il tremblait de tout son corps, lorsqu'il leva les yeux vers la silhouette rouge, qui passait au-dessus de lui. Un râle au timbre rauque et caverneux transperça l'étoffe.

– Partez ! Partez ! Partez ! crut comprendre Axel.

Un cri perçant leur parvint du haut de la butte. Pauline !

Lorsque les deux garçons levèrent la tête dans sa direction, ils réalisèrent qu'elle était en train de se battre avec quelqu'un.

LA MALÉDICTION DES PHARAONS

– La momie rouge… balbutia Pauline à bout de souffle.

Axel tremblait comme une feuille.

– La momie rouge… répéta Mathieu comme un disque rayé.

– Qu'est-ce qu'elle a la mo… le rabroua son ami.

Mais il ne finit pas sa phrase. Le spectre avait disparu.

– Au secouuuurs ! hurla Pauline.

Il fallait agir.

– Toi, tu restes près de Lise, moi, je vais chercher Pauline ! cria Axel à Mathieu.

Des pierres et des mottes de terre s'éboulaient sous ses tennis tandis qu'il grimpait le talus. Des ronces égratignaient ses mains et déchiraient son pantalon.

– Calme-toi, mon enfant ! articula une voix enrouée.

Mais Pauline se rua sur l'homme qui parvint à lui saisir les poignets.

Axel éclaira l'inconnu qui ferma les yeux, aveuglé par la lumière, et relâcha son attention une fraction de seconde. Pauline en profita pour lui lancer un coup de pied dans le tibia et elle réussit à se libérer. Elle se précipita vers Axel et se jeta dans ses bras.

– Qui... êtes-vous ? demanda Axel timidement. Vous n'êtes pas un homme...

Il se trouvait devant une femme aux cheveux très courts, plaqués par du gel. À cause de son pantalon et son pull ample, elle avait l'allure d'un homme.

– Je suis archéologue et je m'occupe en ce moment de fouilles. Nous venons de découvrir un nouveau tombeau dans les parages, et je suis venue pour recopier des hiéroglyphes.

– Des hiéro... quoi ?

– Des hiéroglyphes. Il s'agit de l'écriture par idéogrammes des Égyptiens. J'aimerais la déchiffrer. Mais au fait, je ne me suis pas encore présentée. Mon nom est Stella Dominsky, docteur Stella Dominsky, maître de conférences.

– Vous connaissez le professeur Karlof ? questionna Axel.

La femme s'approcha de lui en se frottant la jambe.

– Bien sûr, le vieux gâteux… euh… le professeur dirige les fouilles.

– Alors vous connaissez aussi madame Klingmeier, son assistante, dit Axel.

– Évidemment ! C'est la seule personne sensée dans cette entreprise ! s'exclama l'archéologue.

– C'est ma mère ! annonça fièrement Axel.

Stella le regarda, étonnée.

– Je comprends mieux, fit-elle. J'aurais dû m'en douter. Elle t'attend avec impatience. Viens, je vous accompagne tout de suite au camp, toi et tes amis.

Le campement des archéologues ne se trouvait qu'à environ deux kilomètres, derrière une petite colline qui le protégeait des tempêtes de sable.

Ils firent sensation quand ils racontèrent leurs aventures. Lise avait repris ses esprits mais elle préféra laisser la parole aux autres.

Le campement se composait de tentes gris-vert. Chaque archéologue avait la sienne, plus une pour la cuisine, une pour la douche, une pour le matériel et une où l'on entreposait les objets de valeur pour les nettoyer et les surveiller. Un peu à l'écart se trouvait la tente des cinq assistants égyptiens. Un petit feu grésillait au milieu du camp. Les archéologues étaient assis en cercle autour de la mère d'Axel et des K. Lise avait les paupières lourdes et essayait tant bien que mal de suivre la conversation, Axel examinait attentivement les visages des convives qui buvaient du café ou du thé et cherchaient à trouver une réponse aux mystérieux événements.

– Prendre cette affaire pour une plaisanterie de mauvais garnement serait trop simple, déclara Karlof.

Sa voix était grave et son ton persuasif. Le professeur était un homme imposant de deux mètres environ au visage massif et anguleux. Il avait un regard sérieux et une barbe noire très soignée.

Linda Schell était assise à côté du professeur. C'était une dame âgée, dont le visage rappelait celui d'une poupée de cire. La peau de son front et de ses pommettes semblait tendue à l'extrême.

« Elle a peut-être eu recours à la chirur-

gie esthétique pour ne pas avoir de rides »,
songea Axel.

Bien que les archéologues aient eu une
dure journée de travail sous la canicule, elle
semblait sortir de chez le coiffeur, ses cheveux blonds parfaitement coiffés et sa
tenue tirée à quatre épingles.

– Il ne faut pas troubler la paix des morts !
déclara Linda Schell à voix basse. Vous
avez tous entendu parler de la malédiction
des pharaons ! De nombreux savants et
chercheurs ont été frappés suite à leurs
travaux en Égypte par une mort subite. Les
esprits des rois se sont vengés. La malédiction annonçant que la mort frappe celui qui
trouble la paix des pharaons s'est réalisée.

Stella vida le reste de son café sur le sol
et murmura :

– Allons, Linda. Ce qu'on appelle la malédiction des pharaons est un phénomène de
moisissure qui peut se développer partout
dans le monde. Il produit du poison, c'est
vrai, avec lequel nous sommes en contact
tous les jours.

Mathieu ne comprenait pas ce que voulait dire Stella.

– Quel rapport avec la malédiction ?
demanda-t-il.

Stella poursuivit son explication. Un corps
sain se défend bien contre les spores des

champignons. Dans les salles funéraires qui sont restées fermées des centaines d'années, la concentration de ces germes est très forte. Celui qui la respire est condamné, surtout s'il est un peu fragile des bronches.

Mathieu frissonna. À l'avenir, il ne visiterait plus en Égypte que les endroits qui se trouvaient à l'air libre.

Linda Schell semblait irritée par la remarque de Stella. Sa voix prit le ton d'une mise en garde :

– Je ne parlerais pas avec une telle légèreté des esprits des morts en Égypte. Pense à la galerie qui a été découverte vers 1900. On dit qu'elle conduisait à une chambre funéraire souterraine qui était en or pur. Et pourtant, aucun des hommes qui y est descendu n'en est remonté. Ils sont plus de cinquante à y avoir laissé leur vie. Il existe davantage de forces mystérieuses dans ce pays que nous ne pouvons l'imaginer.

– Elle a raison, chère collègue, confirma Karlof. Moi-même, je me suis trouvé en contact avec ces forces dans la pyramide de Chéops à Gizeh.

Mathieu chuchota à ses camarades :

– C'est l'une des trois pyramides les plus connues, près du Caire, elle est sur toutes les cartes postales.

Karlof lança un regard perçant à Mathieu. Il n'était visiblement pas habitué à ce qu'on lui coupe la parole. Le garçon esquissa un sourire d'excuse.

– J'ai eu l'occasion de pénétrer dans la chambre centrale de la pyramide et d'y passer la nuit, expliqua l'archéologue. J'ai enregistré mes impressions sur un magnétophone, sinon, le lendemain, j'aurais cru avoir rêvé.

– Pourquoi ? demanda Mathieu.

– Des esprits hostiles, malveillants voulaient me faire sortir de la salle. Je sentais un flux d'énergie négative : j'ai dû quitter la pyramide. J'ai été pris d'étourdissements, suivis de problèmes respiratoires. Je n'oublierai jamais ces monstres grimaçants sortis du néant. Ce n'était pas un trucage !

Inquiète pour le sommeil de son fils et de ses compagnons, Mme Klingmeier tenta de changer de sujet.

– À part ça, l'Égypte est très agréable en ce moment. Dans la journée, les températures sont encore supportables et vous pourrez bien profiter de vos vacances.

Linda Schell tourna le visage dans sa direction.

– À votre place je serais prudente, dit-elle pour la mettre en garde. L'apparition de la momie rouge a une signification. Ce n'est pas un hasard si vos enfants ont été les premiers à la rencontrer. Peut-être était-ce un avertissement...

 DES OMBRES DANS LA NUIT

Le calme régnait dans le campement des archéologues. Mme Klingmeier, qui avait autrefois travaillé comme infirmière, s'était assurée que Lise était remise de ses émotions. Elle en fut convaincue quand elle entendit sa respiration régulière. Mathieu et Pauline, blottis dans leurs sacs de couchage, avaient eux aussi trouvé bien vite un sommeil réparateur.

Axel, lui, était installé sur une chaise pliante dans la tente de sa mère.

– Je n'aurais jamais dû vous laisser venir ici, murmura Mme Klingmeier.

Axel connaissait l'inquiétude de sa mère.

– Tu sais que j'ai accepté ce poste d'assistante du professeur Karlof uniquement parce qu'il était bien payé.

Mme Klingmeier tortilla son mouchoir entre ses mains tout en poursuivant :

– Bien sûr le travail est très intéressant.

Durant les deux mois que j'ai passé ici, j'ai appris beaucoup de choses sur l'Égypte ancienne. Mais depuis quelques jours, la situation est extrêmement tendue entre le professeur Karlof, Linda Schell et Stella Dominsky.

– Pour quelles raisons ? voulut savoir Axel.

Mme Klingmeier poussa un soupir.

– Si je le savais ! Chacun passe ses nerfs sur moi mais personne ne me dit pourquoi. Vous feriez mieux de rentrer à la maison par le prochain avion.

– Maminou, ça va s'arranger, chuchota Axel pour la calmer.

Il savait mieux que quiconque comment l'attendrir.

– Maminou, on a mis presque une journée pour arriver à Louxor. D'abord le vol qui a eu six heures de retard, puis cette histoire de momie rouge. Et tout ça pour rien ! Jamais de la vie. Nous ne repartirons pas avant dix jours, comme prévu. Mais dis-moi, qui au juste était au courant de notre arrivée ?

Mme Klingmeier réfléchit un instant et déclara :

– Tout le monde ! J'étais si contente ! J'ai raconté vos aventures en détail. Une fois, j'ai même dit en plaisantant : au moins ici, ils passeront des vacances tranquilles.

Axel était encore bien éveillé, malgré l'heure tardive.

– Je ne crois pas que la momie rouge nous veuille du mal, déclara-t-il après réflexion. Pour moi, elle cherchait plutôt à nous effrayer.

– Promets-moi, insista Mme Klingmeier, de ne pas t'occuper de cela. L'incident va faire l'objet d'une déclaration à la police égyptienne. C'est elle qui prendra les choses en mains. Tu comprends ?

Elle serra Axel dans ses bras.

– Aïe, tu me fais mal ! protesta le garçon. Bon, je vais me coucher.

Il embrassa sa mère sur la joue et sortit de la tente.

À peine dehors, il sursauta et s'aplatit contre la toile. Quelque chose avait bougé trois tentes plus loin. Une silhouette courbée se faufilait sur la pointe des pieds. Le garçon l'avait distinguée à la lueur de la lune.

Quelle était cette ombre ? Axel attendit quelques secondes et se dirigea vers la tente des K. Comme il se penchait pour ouvrir la fermeture éclair, il entendit un crissement dans le sable. Quelqu'un s'enfuyait en courant.

Axel n'hésita pas davantage et suivit la silhouette. Marcher à pas de loup faisait partie des exercices d'entraînement des K. Aussi était-ce un jeu d'enfant pour le garçon de suivre l'ombre sans se faire remarquer.

Axel se dissimula derrière une Jeep et la suivit du regard. On aurait dit Stella Dominsky. Oui, ce ne pouvait être qu'elle.

Quelqu'un sortit soudain de la tente des Égyptiens et se dirigea vers Stella. Un homme, sans aucun doute. Il enlaça la jeune femme et l'embrassa. Serrés l'un contre l'autre, ils s'éloignèrent pour une promenade nocturne.

« Bon, si c'est ça, inutile de les déranger », songea Axel.

Mais un nouveau bruit troubla le silence.

Il s'accroupit et aperçut une paire de bottes sombres de l'autre côté du véhicule.

Axel eut soudain peur. Le porteur de bottes avait sûrement quelque chose à cacher.

Sinon il ne se déplacerait pas ainsi comme un voleur. Et si justement il s'agissait d'un voleur ? Quelqu'un voulant subtiliser des objets précieux trouvés pendant les fouilles ? Axel se mit en boule et se laissa rouler sous la voiture.

Des clés cliquetèrent. Le hayon de la voiture fit un bruit sec et se souleva. Puis on le referma avec précaution.

Le garçon respira. Les bottes s'éloignaient. Axel aurait voulu savoir à qui elles appartenaient, mais pour être sûr de ne pas être aperçu, il resta allongé sous la Jeep. Impossible d'espionner dans cette position.

Il sortit en rampant de sa cachette et ausculta la porte arrière. Par curiosité, il appuya sur la poignée et, à sa grande surprise, elle s'ouvrit.

Axel sortit sa lampe de poche et éclaira le coffre. Il passa sa main sous une couverture poussiéreuse et ouvrit des yeux ronds.

– Maman a raison. Ça sent le roussi ici ! Et même à plein nez !

Le garçon referma le hayon, se faufila jusqu'à la tente de ses compagnons et se glissa rapidement dans son sac de couchage. Il était persuadé que personne ne l'avait vu. Et pourtant...

LES BIJOUX VOLÉS

Le thermomètre affichait trente degrés à l'ombre à Louxor bien qu'on ne soit qu'en avril. Fatigués et transpirants, les K déambulaient dans le bazar. Un monde fou grouillait autour des étals des commerçants qui vantaient leurs marchandises. Une odeur particulière flottait dans les airs. Un mélange de cuir, d'épices, de poussière et de thé orientaux.

– Là ! Regardez ! cria Pauline à ses camarades en désignant un petit atelier de couture.

Les artisans assis en tailleur sur une immense table travaillaient avec leurs mains, leur bouche et leurs pieds. Une extrémité du tissu était coincée entre leurs orteils et l'autre entre leurs lèvres, leur permettant de tendre l'étoffe et d'avoir les mains libres pour coudre.

– J'ai la tête qui tourne, gémit Axel.

Il était rouge et la sueur gouttait sur son front.

– Ça ne va pas ? demanda Lise.

Le garçon fit signe que non et emprunta une ruelle plus tranquille. Il s'éloignait du bazar sans un mot, en direction de l'avenue principale.

– J'ai faim ! dit Mathieu. Le déjeuner était vraiment des plus légers.

Lise leva les yeux au ciel et déclara :

– Tu n'avais qu'à ne pas traîner au lit, tu aurais déjeuné comme les autres.

Au coin de la rue se trouvait un cuisinier égyptien qui touillait une épaisse bouillie dans un chaudron ventru.

– Le *foul*, dit Mathieu d'un air entendu en montrant la bouillie.

– Tu ne supportes pas le soleil du coin, on dirait. Tu as attrapé une insolation ou tu t'es fait piquer par la mouche tsé-tsé ? grogna Lise.

Mathieu soupira.

– Vous n'y connaissez rien, rétorqua-t-il à ses amis.

– Ce mets est appelé *foul* par les Égyptiens. Il se compose de fèves et d'épices et se sert accompagné d'un jus de citron. Comme il est très nourrissant et qu'il remplit bien l'estomac, on l'a surnommé *foul*.

Mathieu fouilla ses poches pour en sortir

quelques sous et obtint une assiette de bouillie de fèves.

Peu de temps après, les K grimpèrent dans un fiacre noir.

– Pouvez-vous nous conduire à Karnak ?

Le cocher, un jeune Égyptien, acquiesça. La voiture se mit en route.

– Tu te sens mieux ? demanda Lise à Axel. Le garçon fit signe que oui.

– Je n'ai pas assez dormi et… il faut que je vous raconte quelque chose, dit-il.

Il leur parla de ses aventures nocturnes et de ses conclusions.

– Oui, mais alors… Il y avait quoi dans la voiture ? questionna Pauline.

– Des bijoux sales ! répondit le garçon.

Les autres froncèrent les sourcils.

– C'est quoi des bijoux sales ? l'interrogea Mathieu.

– Des pièces en argent terne et des perles recouvertes de sable, dit Axel. Des bijoux anciens, sûrement trouvés dans un tombeau.

– Ce serait un sacré coup ! siffla Lise entre ses dents.

– Cela voudrait dire qu' il y a dans le campement un pilleur de tombes qui dérobe certains objets qui viennent d'être découverts pour les vendre. Ils ont certainement une grande valeur.

Le bruit régulier des sabots des chevaux résonnait. À la sortie de la ville, le fiacre prit au nord, en direction de la petite cité de Karnak. Il y avait là un temple majestueux où travaillaient le professeur Karlof et la mère d'Axel. Mme Klingmeier avait demandé aux enfants de venir les rejoindre en début d'après-midi. Ils avaient tout leur temps.

– Mais qui est le voleur ? demanda Lise à voix haute.

– Attendez ! s'exclama Lise. Ça ne peut être que Stella Dominsky !

Axel secoua la tête.

– Impossible, elle est partie se promener dans le désert avec son amoureux.

Lise se frappa le front du doigt.

– Tu dérailles, Axel. Tu n'as vu que son ombre. Il s'agissait peut-être d'une Égyptienne qui est venue voir son ami. Mais sois logique, les circonstances jouent contre Stella. Un : elle a surgi à l'endroit précis où nous étions en danger. Peut-être est-ce elle qui nous a envoyé la momie rouge pour nous faire peur. Madame Klingmeier avait parlé de nos aventures comme détectives. Stella a dû craindre que nous découvrions son manège. Deux : Stella était la seule au campement à porter des bottes ce soir-là.

– On devrait le dire au professeur Karlof. C'est lui le directeur du groupe. En tout cas, nous…

Pauline s'arrêta net car elle avait peur que les autres la prennent pour une lâche.

– … On ne devrait pas se lancer dans cette enquête, conclut Lise à la place de Pauline. Mais si nous avons réellement affaire à un voleur, il faut lui tendre un piège. Pour l'instant, Stella peut encore prétendre qu'elle a voulu mettre les bijoux en sûreté. Il est trop tôt pour l'accuser de vol.

Immobiles et silencieuses, les figures de pierre se tenaient depuis des millénaires sur leur piédestal. Elles avaient une tête d'homme ou de bélier et un corps de lion. On les appelait les sphinx. Comme les arbres d'une allée, elles étaient alignées le long de la voie qui menait au temple de Karnak.

Les K éprouvèrent une étrange sensation en pénétrant dans l'ancienne salle aux colonnes. Le toit s'était effondré depuis longtemps, mais les très nombreuses colonnes de plus de vingt-quatre mètres chacune se dressaient encore là. Axel, Lise, Pauline et Mathieu se donnèrent la main et tentèrent en vain d'en encercler une : elle était trop large !

Le temple était fermé aux touristes et les K se faufilèrent seuls entre les colonnes. Les pierres énormes se dressaient en une haie inextricable qui cernait la bande.

– Il faut partir d'ici ! s'écria soudain Axel.

Sa voix fut renvoyée en écho par la pierre et résonna. Le garçon s'enfuit brusquement en courant. Du sable coulait sur lui. Il en reçut dans l'œil et dut s'arrêter. Il s'essuya le visage. Des petites pierres tombaient d'en haut sur la tête du garçon.

Un instant après, ses camarades entendirent un grand cri. Puis il y eut un coup de tonnerre et le sol du temple trembla.

– Axel ? Axel, qu'est-ce qui t'arrive ? appela Lise.

Pas de réponse.

– Axel !!! se mirent à crier les trois amis, mais ils n'obtinrent aucune réponse.

LE TEMPLE HANTÉ

Ensemble, Lise, Mathieu et Pauline coururent au secours de leur ami.

– Non ! non !!! cria Lise. Non !!!

Ses cris se répercutaient sur les colonnes du temple et leur écho fut balayé par le vent. Lise se retourna et fit signe à Pauline de se tenir éloignée.

– Ne bouge pas ! souffla-t-elle. Mathieu, va chercher la mère d'Axel, vite !

– Que se passe-t-il ? demandèrent les deux plus jeunes de la bande.

Lise s'était placée devant eux pour barrer le passage. Mathieu la poussa et fit quelques pas.

Sa gorge resta nouée. Devant lui se dressait une énorme pierre autour de laquelle tombait une fine pluie de poussière. Sur le sol, parmi les débris de roche, le garçon reconnut la chemise rayée bleu-vert d'Axel.

41

Son ami était tombé et gisait les bras repliés, les yeux fermés et la bouche grande ouverte.

Lise entendit un crissement à quelque distance. Effrayée, elle tourna la tête et découvrit une longue échelle de bois fixée par des cordes à une deuxième échelle. Elle en compta dix en tout, attachées ainsi de façon très dangereuse et n'en crut pas ses yeux quand elle vit qui descendait de cet assemblage.

– Professeur Karlof ! murmura-t-elle.

– On n'est pas sur un terrain de jeu ici ! Déguerpissez ! leur cria-t-il.

Sa voix était coupante.

– Cet endroit était un lieu saint. On ne crie pas !

Lise perdit son sang-froid et déclara d'une voix pointue :

– Et vous alors ! Vous ne criez pas peut-être ! Pourquoi avez-vous jeté un rocher sur Axel. Espèce de... criminel !

Soudain la froideur et la raideur disparurent du visage de Karlof qui se pencha au-dessus du garçon et posa la main devant ses narines.

À cet instant arriva la mère d'Axel.

– Que se passe-t-il ? demanda-t-elle interloquée quand elle remarqua le silence pesant.

Elle découvrit alors son fils sur le sol.

– Axel !

Elle se précipita vers lui.

– Ne vous inquiétez pas, madame Klingmeier, il respire ! dit Karlof.

Sa voix avait retrouvé son ton sec et froid. L'incident ne semblait plus le toucher.

– Mon chéri, mon chéri, répétait Mme Klingmeier en lui caressant le visage et les cheveux.

Lise s'approcha. Elle crut d'abord que l'énorme pierre était tombée sur les jambes d'Axel et les avait broyées. Elle constata à son grand soulagement que le garçon n'était pas blessé. Il avait dû tomber avant que le rocher ne se fracasse et n'atterrisse à moins d'un mètre de lui.

Axel ouvrit les yeux et se redressa en gémissant.

– Mon chéri... ça va ? lui demanda sa mère en le serrant tendrement contre elle.

– Ma tête, gémit le garçon, ma tête... La momie... Elle... était là. Elle m'a jeté la pierre. Elle voulait me tuer !

Karlof jeta un regard apitoyé sur Axel.

– J'étais moi-même sur les colonnes, à la recherche de hiéroglyphes qui nous donneraient des indications sur ce temple. Je n'ai vu personne.

Mme Klingmeier regarda en haut.

– Professeur, vous êtes toujours plongé dans vos travaux. Vous auriez très bien pu ne rien voir ni entendre, osa-t-elle avancer.

Le professeur lui lança un regard réprobateur. Lise leva la tête et pensa :

« Il ne faut pas avoir le vertige pour se déplacer là-haut sur ces passerelles. »

– Beaucoup de temples égyptiens risquent de s'effondrer car les pas des touristes provoquent des secousses, expliqua Karlof. Cette pierre est une partie du toit du temple. Un cri a sans doute suffi pour détacher un morceau.

Mais personne ne le croyait vraiment. Appuyé sur sa mère, Axel sortit du temple en boitant. Dans sa chute, il ne s'était pas seulement cogné la tête mais aussi tordu la cheville. Karlof donna congé à sa collaboratrice pour le reste de la journée.

– Excusez-moi un instant ! murmura Lise et elle disparut derrière les colonnes.

En réalité elle avait une idée en tête. Elle voulait vérifier s'il y avait quelque part une autre échelle que la momie aurait pu emprunter. Elle erra entre les colonnes et lorsqu'elle trouva enfin une échelle, elle fut déçue. Il s'agissait de celle de Karlof. Personne à l'horizon. Lise grimpa. Elle avait fait avec son père beaucoup de randonnées au Tyrol et n'avait pas le vertige.

Quand elle arriva au sommet, elle s'agrippa à la plate-forme de pierre et tourna la tête. Un vent chaud lui souffla au visage.

De légers coups la firent sursauter. Elle regarda en direction du bruit et découvrit un homme vêtu d'une longue tunique bleu clair. Il lui tournait le dos et portait un foulard noir enroulé autour de la tête. Il frappait avec un minuscule marteau la pierre sur laquelle il était agenouillé.

Lise prit son courage à deux mains et appela :

– Hé, vous, là-bas ! Qu'est-ce que vous faites ?

L'homme ne réagit pas et continua sa besogne sans se troubler. Lise sentait qu'elle était à deux doigts de trouver la solution de l'énigme. Et il fallait absolument qu'elle sache qui était cet homme ; elle s'était souvent fiée à ses intuitions sans jamais avoir été déçue.

Ses genoux se mirent à flageoler tandis qu'elle oscillait sur le chapiteau.

– Eh ! Vous faites partie de l'équipe du professeur Karlof ?

D'un coup, l'homme se retourna. Lise reconnut le visage de la momie rouge. Le fantôme se leva et s'avança vers elle.

DERNIER AVERTISSEMENT

Lise hurla de toutes ses forces. Elle reconnaissait les mains et les pieds couverts de bandelettes rouges. C'était la même momie que dans la tombe souterraine.

Ses compagnons étaient sans doute déjà dehors. Et il n'y avait aucune trace de l'archéologue.

La momie s'approchait dangereusement.

« Elle va me pousser ! »

Cette horrible pensée la paralysait, elle qui d'habitude savait toujours comment réagir.

– En bas de l'échelle ! murmura-t-elle.

Elle se mit à genoux sans quitter la momie des yeux. Trop tard ! La créature l'avait rejointe et posait ses mains recouvertes de lambeaux rouges sur sa tête. Lise eut l'impression qu'elle étouffait. La momie la tira tranquillement vers elle. Les bandages devant sa bouche s'entrouvrirent pour laisser apparaître des lèvres sèches et des dents brunâtres.

. – Va-t'en ! Dernier avertissement !

Un râle rauque sortait de sa gorge. Lise n'en pouvait plus, elle s'affala sur la pierre.

– Il y a quelqu'un là haut ?

La voix de Karlof résonna dans le temple. Lise réussit à tendre la main au-delà du chapiteau.

– Qui est assez insensé... gronda le professeur.

Au craquement de l'échelle, Lise comprit qu'il était en train de grimper.

La momie rouge fit demi-tour et s'éloigna rapidement par les travées. Les yeux grands ouverts, Lise observa comment la momie sautait d'une travée sur une colonne et de là dans le vide. Pas de bruit de choc. Pas de cri. Rien. La momie rouge s'était volatilisée.

– Mon enfant, tu as perdu l'esprit ? Qu'est-ce que tu fabriques ici ? s'exclama Karlof lorsqu'il eut rejoint Lise.

Il caressa ses cheveux blonds collés par la sueur d'une main paternelle.

– La momie rouge... elle était là et elle a sauté, balbutia-t-elle en pointant du doigt l'endroit où l'horrible fantôme avait disparu.

Lise pouvait se tromper, mais les mots

– momie rouge – intriguèrent le professeur. Pour une fois, il avait l'air plus chaleureux. Mais il déclara :

– Il y a un échafaudage en face car mes collègues étudient les hiéroglyphes sur les colonnes. S'il y a vraiment une momie rouge ici, elle a dû sauter sur la plate-forme et descendre. Nous allons faire la même chose. Viens !

Mme Klingmeier conduisit les K en Jeep au camp. En chemin, elle s'arrêta chez le médecin égyptien qu'elle avait déjà consulté une première fois. Par chance, il ne décela chez Axel qu'un simple traumatisme. Il ordonna au garçon de rester alité. Celui-ci s'exécuta dès le retour au camp. La piqûre que le docteur lui avait faite le fit sombrer dans un long et profond sommeil.

Lise était remise de ses émotions. Par précaution, elle n'avait pas tout raconté à la mère d'Axel qui se serait inquiétée et n'aurait pu répondre à ses questions.

– Est-ce que madame Dominsky travaille aussi à Karnak ? demanda-t-elle.

– Non … elle travaille sur le chantier des

fouilles des tombes souterraines, répondit-elle en hésitant. Chaque archéologue est sur un site différent.

Lise la remercia pour cette information et quitta le camp en flânant. Dans sa tête, la matière grise carburait. « Cette Stella Dominsky est la momie rouge. Elle veut nous faire partir d'ici et ne reculerait même pas devant un meurtre ... Encore que Linda Schell pourrait, elle aussi, être la momie rouge. À moins qu'il ne s'agisse... d'une vraie momie ! Un vengeur du temps des pharaons, qui voudrait éloigner les archéologues pour que les rois morts puissent dormir en paix ? Mais pourquoi la momie s'en prenait-elle aux K et non pas aux archéologues eux-mêmes ? »

Brusquement une main attrapa Lise par l'épaule. Elle n'eut même pas le temps de se retourner pour savoir qui s'était faufilé derrière elle !

L'ATTAQUE DU COBRA

Lise se débattait pour se libérer. Une voix grave l'ensevelit sous un flot de paroles incompréhensibles. Aux sonorités de la langue, elle crut reconnaître de l'arabe. Son agresseur lui enserrait l'épaule si fort qu'elle cria. Elle portait ce jour-là de grosses chaussures de cuir à semelles épaisses et donna un coup de pied dans le tibia de l'homme. Il grogna et lâcha prise. Lise se dégagea et fit volte-face.

Derrière elle se tenait un jeune Égyptien à la peau très brune, en jean et chemise blanche. Il jurait et la menaçait du poing.

– Fichez-moi la paix ! Et qui êtes-vous d'abord ?

Avec cette question, Lise voulait gagner du temps. Elle devait regagner le camp, mais l'individu lui barrait le passage.

– Tu es un des enfants en visite chez madame Klingmeier ?

51

Lise fit un signe affirmatif.

L'homme s'avança vers elle et lui tendit la main. Elle resta sur ses gardes et recula.

– Excuse-moi. Je me suis comporté comme un idiot. Mais comme je t'ai vue partir en direction du désert, j'ai cru que tu avais volé des bijoux. C'est pourquoi je t'ai arrêtée. Je regrette. Mon nom est Ahmed.

Le jeune homme avait un visage ouvert et fin. Il ressemblait à un prince du désert, mais Lise repoussa cette pensée trop romanesque. Après quelque hésitation, elle lui tendit la main.

– Je m'appelle Lise ! dit-elle en guise de présentation.

Ahmed la salua respectueusement :

– J'espère que tu acceptes mes excuses.

Lise hocha de la tête avec indulgence.

– On peut se tutoyer ? Mais que fais-tu ici ? demanda-t-elle.

– Je suis moi-même archéologue, égyptologue pour être plus précis. Je travaille pour le musée du Caire, je suis un spécialiste des bijoux.

Lise ne quittait pas l'homme des yeux. Ahmed était aimable quoiqu'un peu hautain. Il parlait d'une voix monotone, mais s'efforçait de rester sympathique. Il portait un gant de cuir noir à la main droite. Pourquoi donc ? Lise essaierait de le savoir.

– Que voulais-tu dire tout à l'heure quand tu parlais de bijoux volés ? demanda-t-elle.

Ahmed prit la route vers le campement, Lise marchait près de lui en gardant une certaine distance.

– Nous avons découvert dans la tombe que nous avons fouillée hier une grande quantité de bijoux. C'était le tombeau d'une reine à qui on avait offert des colliers et des bracelets d'or et de perles. Les collectionneurs privés proposent des prix exorbitants pour de telles merveilles.

Lise hésita. Devait-elle parler de ce qu'avait vu Axel la nuit dernière ? Elle résolut de ne rien dire.

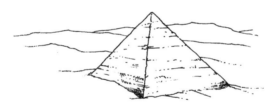

– Les assistants égyptiens ne sont jamais invités à participer à l'ouverture d'une tombe. Mais un des hommes était curieux et a passé sa tête. Il a dit avoir vu une fille avec des couettes blondes qui s'affairait près des bijoux. Elle était seule dans la chambre funéraire pendant que nous faisions une pause et prenions le thé.

Lise s'arrêta brusquement.

– C'était quand exactement ? Je veux dire, à quelle heure ?

Ahmed réfléchit un instant et répondit :

– Cinq heures, il était cinq heures.

Les pensées se bousculaient dans la tête de Lise. Normalement les K arrivaient à trois heures. Elle aurait donc pu elle, Lise, être à cinq heures dans la sépulture. Et si quelqu'un s'était déguisé en fille de son âge pour attirer les soupçons sur elle. Quelqu'un qui n'était pas au courant de leur retard. Mais qui ?

En arrivant, Lise prit congé d'Ahmed et courut voir Mme Klingmeier.

– Est-ce vous qui avez envoyé le taxi à l'aéroport pour nous chercher ? questionna-t-elle.

La mère d'Axel acquiesça :

– Oui, le chauffeur devait vous attendre, même si vous aviez du retard, pour vous conduire ensuite auprès de la tombe qu'on venait de découvrir. Je ne pouvais pas imaginer que vous auriez six heures de retard. Je suis allée moi-même après le travail, vers neuf heures, à l'aéroport, mais à cette heure-là vous étiez déjà en route pour le site des fouilles.

Une question brûlait les lèvres de Lise :

– Leur aviez-vous montré une photo de nous ?

Mme Klingmeier fit signe que oui.

– Bien sûr, tout le monde a vu votre photo. Pourquoi me demandes-tu cela ?

Lise ne répondit pas mais rejoignit la tente du professeur Karlof, le chef de l'équipe des archéologues.

– Monsieur le professeur ! cria-t-elle à l'entrée de la tente.

Pas de réponse.

– Monsieur le professeur ! répéta-t-elle.

Elle regarda aux alentours, puis ouvrit la fermeture éclair et passa la tête à l'intérieur de la tente. Son regard tomba aussitôt sur une petite cage dans laquelle un canari s'agitait. Elle s'approcha et lui parla d'une voix rassurante :

– Qu'est-ce qui t'arrive ?

Elle entendit trop tard un sifflement derrière elle et se retourna juste au moment où un cobra se déroulait. Il était dressé, le cou gonflé, prêt à l'attaque. Lise, hypnotisée, fixait la gueule du serpent au venin mortel.

RETOUR À LOUXOR

Un léger sifflement suivi d'un coup sec retentit. Lise se couvrit le visage et crut sentir la morsure du serpent dans sa jambe. Elle s'attendit à des douleurs horribles. Elle allait certainement étouffer...

Son regard tomba d'abord sur le sol. Le cobra avait disparu. Puis elle se tourna vers la cage du canari. L'oiseau, calmé, se tenait sur son perchoir, vivant. Le serpent n'avait pas cherché à l'atteindre à travers les barreaux de sa cage. Où le reptile avait-il bien pu disparaître ? Pourquoi n'avait-il attaqué ni Lise ni le canari ?

Elle remarqua alors que l'entrée de la tente était grande ouverte. Ahmed passa la tête et demanda :

– Tout va bien ?

Lise hocha la tête.

– Il y avait... un cobra ! réussit-elle à articuler.

Ahmed lui fit signe de sortir de la tente. Elle suivit le jeune Égyptien et découvrit sur le sable la forme molle et sans vie du serpent.

Lise était stupéfaite. Ahmed leva sa main gantée dans laquelle il tenait une cravache de cuir.

– Je passais près de la tente quand j'ai entendu les cris de l'oiseau. J'ai vu le cobra et je l'ai tué. Sinon c'est lui qui aurait tué.

Le soir même, les archéologues déménagèrent dans un hôtel de Louxor.

– Les événements des derniers jours nous y obligent, dit simplement Karlof.

Pendant que les assistants égyptiens transportaient les trésors de la reine dans un coffre de l'hôtel, le chef de l'équipe réunit ses collègues. Les K ne furent pas autorisés à participer à la réunion.

Karlof était assis avec Linda Schell, Stella Dominsky, Ahmed et Mme Klingmeier, il s'adressait aux archéologues. Il ne se doutait pas que Mathieu, Lise et Pauline entendaient chacune de ses paroles. Mathieu avait reçu pour son anniversaire un télé-microphone qui pouvait capter une conversation à distance.

Munis de petits écouteurs, les K suivaient attentivement la conversation.

– Nous sommes venus ici pour découvrir la sépulture de Noscha, qui régnait sur la Haute et Basse-Égypte, dit l'archéologue.

Sa voix puissante était menaçante.

– Nous l'avons découverte, mais pour des raisons inexplicables, plusieurs bijoux ont été volés après l'ouverture de la sépulture.

L'assistance observait un silence embarrassé.

– Depuis l'arrivée des enfants, reprit-il, quelqu'un rôde dans les environs, déguisé en momie rouge. Aucun d'entre nous n'a encore eu l'occasion d'être confronté à cette apparition, ce qui me laisse penser que les enfants nous ont raconté des histoires.

Mme Klingmeier bondit, hors d'elle :

– Nous raconter des histoires ? Ils ont été en danger de mort dans la chambre funéraire. Pourquoi n'aviez-vous pas posté de garde à l'entrée, ce soir-là ?

Le professeur répondit aussitôt d'un ton sec :

– Quelqu'un l'a renvoyé. Nous n'avons jamais su pourquoi.

– Les enfants n'auraient jamais l'idée de mentir. Qui plus est, on leur a lancé une pierre dans le temple à Karnak.

– Elle leur est tombée dessus ! corrigea le professeur. Madame Klingmeier, vous avez été engagée comme assistante et je vous somme de les réexpédier sur-le-champ. Je me méfie de ces quatre garnements.

La mère d'Axel devait bouillir intérieurement. Mathieu imaginait la scène comme s'il s'y trouvait.

– Docteur Schell, vous poursuivrez votre travail de décryptage des hiéroglyphes à Karnak. Madame Dominsky, vous êtes responsable des fouilles de la chambre funéraire. Ce site se distingue singulièrement des autres, on y trouve peu de momies d'animaux. Il doit y avoir dans le tombeau un passage vers d'autres tombes. Et vous, mon cher Moussa (le professeur désignait Ahmed), vous transporterez les objets des fouilles au musée du Caire.

– Je pourrais accompagner les enfants. On ne peut pas les laisser partir seuls, proposa Ahmed.

Mme Klingmeier accepta, reconnaissante.

Les nuits étaient fraîches en Égypte. Les K étaient donc contents de se retrouver dans un hôtel. Pas question de dormir sauf pour Axel, qui était encore sous l'effet du calmant.

À la fenêtre, Mathieu contemplait la nuit. La lune déposait sa lueur argentée sur les arbres et les buissons verdoyants qui poussent le long du Nil, et faisait scintiller la surface de l'eau. Son rayonnement était comme une poussière d'argent bercée par les vagues.

Pauline remuait dans son lit sans trouver le sommeil.

– Lise, chuchota-t-elle, j'ai peur. Quand je ferme les yeux, je vois la momie rouge.

Lise lui posa la main sur le bras pour la rassurer.

– Ne crains rien, murmura-t-elle. La momie rouge ne viendra pas dans l'hôtel. Le portier est un vrai bouledogue. Il ne la laisserait pas entrer.

Brusquement, Mathieu se retourna et fixa Lise avec des yeux tout ronds.

– Tu... tu m'as bien dit qu'une fille aux couettes blondes avait volé les bijoux ? Tu crois que l'Égyptien l'a vue de dos seulement ?

– Hmmmm... oui, je crois ! répondit-elle à voix basse.

– Alors... alors je sais qui c'est !

LE PAPYRUS

– Professeur Karlof, s'il vous plaît, je dois vous parler !

Lise était dans la salle à manger de l'hôtel, devant la table de l'archéologue. Le chercheur ne leva même pas les yeux. Linda Schell et Stella Dominsky semblaient également très concentrées sur leur petit-déjeuner.

– Je vous souhaite un bon voyage, dit le professeur pour faire comprendre à Lise que l'entretien était clos avant même d'avoir commencé.

– Je suis presque sûre de savoir qui a volé les bijoux ! insista Lise. Le voleur est un de vos collaborateurs !

Karlof bondit et leva une main menaçante. Mais il se contrôla à temps.

– J'ai entendu dire que vous aimiez jouer aux détectives. Tant qu'il s'agit d'un jeu d'enfant, je n'ai rien contre, mais vous allez trop

63

loin. Votre avion décolle dans une heure. Adieu !

Le regard glacial qu'il lui lança n'admettait pas de réplique. Lise s'éloigna. S'il y avait quelque chose qu'elle ne supportait pas, c'était d'être traitée comme une gamine.

Les trois autres l'attendaient avec impatience.

– Tu lui as dit qui je soupçonne ? demanda Mathieu.

– Laisse tomber, répliqua froidement Lise. Tes soupçons sont débiles.

À ce moment, Ahmed arriva précipitamment et les engagea à se presser. Axel fit de brefs adieux à sa mère qui n'eut même pas le temps de dire au revoir aux autres. Les K ne lui avaient pas révélé le nom de la personne qu'ils soupçonnaient.

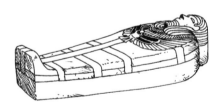

Mais quelqu'un les observait derrière un palmier de l'entrée. Les K à peine partis, il demandait au portier l'horaire du prochain avion pour Le Caire.

« C'est jouable ! se dit l'espion. Ça suffira pour les mettre hors d'état de nuire. Je vais en plus gagner une somme rondelette grâce à eux. »

Dans le petit avion des lignes intérieures, Lise avait toujours sa mine boudeuse. Les bras croisés sur la poitrine, elle bouillait intérieurement. Elle n'avait jamais subi une telle humiliation.

– Est-ce qu'on raconte tout à Ahmed ? lui chuchota Axel.

Le cerveau de la bande secoua la tête sans rien dire.

– Peut-être est-il impliqué dans l'affaire lui aussi, murmura-t-elle.

À cet instant, le jeune Égyptien, qui était assis une rangée devant, se retourna vers les enfants.

– Votre avion décolle du Caire à vingt-deux heures, déclara-t-il. Vous avez donc toute la journée devant vous pour visiter la ville. Je peux appeler des amis de l'aéroport et leur demander de vous servir de guide.

Les K ne répondirent pas. Leur moral était au plus bas. En plus, ils étaient morts de fatigue.

– Que diriez-vous du zoo du Caire ? Ils ont une tortue géante de quatre cents ans ! proposa Ahmed.

— Aller au zoo, c'est bon pour les bébés ! marmonna Lise.

— Il y a aussi un endroit où l'on peut découvrir comment on fabriquait le papier autrefois. On utilisait le papyrus dont on découpait la tige en fines lamelles qu'on assemblait avant de les mettre sous presse. Vous pouvez vous y rendre en bateau et voir en chemin les statues des dieux Isis et Osiris. En plus, il y a des oiseaux qui nichent dans les papyrus et des crocodiles dans l'eau.

Devant le manque évident d'enthousiasme des K, Ahmed soupira :

— Dans ce cas-là, vous m'accompagnerez au musée du Caire.

Deux heures plus tard, Axel, Lise, Pauline et Mathieu déambulaient dans les salles du musée. Ils admirèrent les statues des pharaons, vieilles de plusieurs milliers d'années et s'intéressèrent surtout à la salle des momies. Ahmed était un guide patient qui ne comptait pas son temps.

— Ici se trouve Pharaon Sékénenré, dit-il aux K en montrant une vitrine.

Les mains de ce dernier étaient crispées et ses lèvres tordues de douleur.

– Il a été assassiné, expliqua le jeune égyptologue.

Puis il conduisit les K vers une momie enveloppée dans des gerbes de fleurs. Il y avait même une guêpe embaumée. Il montra le souverain au pied bot et la reine Néfertiti qui était chauve et portait une perruque.

– Vous ne pouvez vous imaginer tout ce que les gens ont fait avec les momies, raconta Ahmed. Elles ont servi de combustible. Au Moyen Âge, elles étaient très prisées en médecine. De la poudre de momie, du baume de momie, de la peau de momie et des morceaux de momie étaient prescrits contre tous les maux.

Pauline secoua la tête de dégoût.

– Les gens décoraient même leurs appartements avec des momies comme on le fait aujourd'hui avec les armures. Un Américain a eu l'idée de fabriquer du papier à partir des momies. Mais les produits utilisés pour embaumer donnaient une teinte marron au papier. C'est ainsi qu'est né le papier d'emballage !

– Y avait-il aussi des momies rouges ? demanda subitement Lise.

Ahmed sursauta.

– Oui, bien sûr. Il y avait toutes sortes de momies.

Lise continua :

– Tu as déjà entendu parler de la momie rouge ?

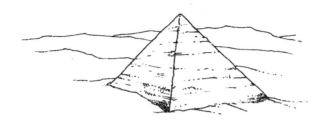

LA VENGEANCE DE LA MOMIE

Ahmed hésita. Il préparait visiblement sa réponse avec soin.

– Oui, je sais qu'il existe une momie rouge !

– Où a-t-elle été découverte ? demanda Axel.

– Dans le désert, à dix kilomètres environ des pyramides. À un endroit où personne n'aurait imaginé trouver un tombeau. Elle était dans un édifice qui avait été recouvert par les sables au fil des ans.

– Cette momie a-t-elle une histoire particulière ? questionna Mathieu.

Ahmed aquiesça.

– En effet un jour, juste après avoir été découverte, elle a disparu. Ainsi que le sarcophage en or dans lequel elle avait été déposée. Comme vous le savez, les momies sont couchées dans des cercueils emboîtés les uns dans les autres. Certains ont la forme du corps humain et sont en or pur.

— Raconte, c'est drôlement intéressant, dit Pauline, curieuse.

Ahmed haussa les épaules.

— Je n'en sais pas plus. Il paraît qu'il y avait des hiéroglyphes dans la chambre funéraire prédisant aux pilleurs de tombe un destin terrifiant : la momie rouge les rechercherait et les emporterait au royaume des morts. Mais auparavant elle ferait de leur vie ici-bas un enfer. C'est à peu près en ces termes qu'était exprimée la prédiction.

— Et si on te disait qu'on a vu la momie rouge, tu nous croirais ? demanda Lise.

Elle fixait le jeune homme droit dans les yeux. Ahmed dévisagea tour à tour les K et son regard alla se perdre en direction des salles où se trouvaient les colossales statues des pharaons.

Soudain, l'Égyptien se tourna vers les quatre acolytes.

— Oui, oui, je le croirais, déclara-t-il. Sur cette Terre, il se passe bien plus de choses insondables que les hommes d'aujourd'hui ne peuvent l'imaginer. Mais je suis certain que la momie rouge ne vous voulait aucun mal. Son apparition avait un autre objectif.

– Lequel ?

Ahmed se tut.

– Celui qui pose trop de questions obtient trop de réponses et ce n'est pas bon, conclut-il.

Le séjour des K n'avait même pas duré trois jours.

Ils étaient de mauvaise humeur tandis qu'ils regardaient le paysage défiler par la fenêtre du taxi qui les conduisait à l'aéroport.

La nuit tombait mais la ville du Caire restait aussi animée que de jour. Les K ne s'habituaient pas à la pauvreté et à la saleté des rues. La conduite des Égyptiens était pour le moins sportive afin d'éviter piétons et véhicules. Le chauffeur jurait et klaxonnait.

– Ce sera un miracle si nous arrivons entiers ! ronchonna Mathieu.

Sans crier gare, un camion fonçait à toute allure sur le taxi. Le chauffeur réussit à éviter le choc de justesse.

La radio émettait des paroles qui ressemblaient à des prières. Le chauffeur s'inclina à trois reprises sur son volant.

– Bon, voilà ! dit Axel au moment où ils déposèrent leurs bagages devant le tapis roulant près du guichet.

– *Mister Axel Klingmeier, please come to the information desk*, annonça une voix de femme dans le haut-parleur. Les K se regardèrent étonnés. Pourquoi les appelait-on ainsi ?

Axel haussa les épaules.

– Maman doit vouloir s'assurer que nous sommes bien en route pour la maison.

Il jeta un regard dans la foule qui se pressait autour d'eux et se dirigea vers un guichet surmonté d'un grand I.

Quand Axel déclina son nom, l'hôtesse lui tendit une enveloppe.

– Un télégramme ! s'écria Lise. Qui peut bien t'envoyer un télégramme à l'aéroport ?

Axel déchira l'enveloppe d'une main tremblante.

Il sortit un papier gris et parcourut le message griffonné au crayon à bille. Il le tendit aux autres sans dire un mot.

Lise, Mathieu et Pauline lurent à leur tour la missive et n'en crurent pas leurs yeux.

NE MONTEZ PAS DANS L'AVION... STOP... UN CHAUFFEUR VOUS ATTEND DEVANT L'AÉROPORT DANS UNE MER-CEDES NOIRE... STOP... IL VOUS CONDUIRA À L'HÔTEL NIL... STOP.... JE VOUS APPELLE CE SOIR... STOP... TA MÈRE... STOP.

– Qu'est-ce que ça veut dire ? demanda Pauline. On ne rentre plus à la maison ?

– Ta mère doit avoir du nouveau. C'est une mise en garde.

Mathieu pensa aussitôt au côté pratique :

– Récupérons nos bagages et allons-y !

– Voilà la Mercedes noire et son chauffeur ! s'exclama Lise.

Les K sortirent de l'aéroport.

– Là ! cria Pauline en désignant une voiture noire entre deux taxis bosselés.

Les enfants coururent vers la Mercedes. Le chauffeur ouvrit la vitre. Lise demanda s'il était envoyé par Mme Klingmeier.

Le chauffeur hocha la tête et leur fit signe de monter.

Lise prit place sur le siège avant. Pauline et Mathieu se glissèrent sur la banquette arrière.

Au moment où Axel allait s'installer, il eut un éclair de génie.

– Sortez ! cria-t-il en tirant Pauline par le bras. Le télégramme n'est pas de ma mère ! C'est un traquenard !

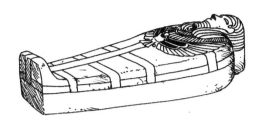

PRISONNIERS DANS LA NÉCROPOLE

Trop tard ! Le chauffeur appuya sur l'accélérateur et partit en trombe. La portière arrière heurta la jambe d'Axel qui tomba en poussant un cri. Il ressentit une vive douleur au genou.

Les pneus crissèrent tandis que la voiture tournait au coin de la rue et s'éloignait dans la nuit.

– Stop ! Arrêtez ! hurla le garçon.

Les larmes lui montèrent aux yeux. Pourquoi avait-il compris trop tard que Mme Klingmeier n'aurait jamais signé « ta mère » ? Où emmenait-on ses amis ? Les policiers du Caire croiraient-ils à son histoire ? Comment joindre sa mère ? Il réalisa subitement qu'il n'avait pas un sou en poche. Il se releva en gémissant et retourna vers le hall de l'aéroport. Peut-être quelqu'un pourrait-il l'aider...

– Salut toi, où sont les autres ? entendit-il brusquement derrière lui.

Il se retourna :

– Vous ? Qu'est-ce que vous faites ici ?

La Mercedes noire filait à toute allure dans les rues sombres. Autour de l'aéroport, il y avait beaucoup de circulation, mais le chauffeur fonçait sans hésitation.

Au début, Lise, Pauline et Mathieu avaient hurlé et Lise avait même essayé de frapper le chauffeur mais à la vue du couteau qu'il avait sorti, elle s'était résignée.

« Rouge ! Le feu est rouge. Il va s'arrêter et on descendra ! » pensa-t-elle.

Lorsque le chauffeur freina, elle cria à ses compagnons :

– Sautez, vite !

Quand ils voulurent ouvrir la portière, ils s'aperçurent que la sécurité était mise, ils étaient enfermés.

– On va où ? demandait inlassablement Lise. Où ? Et pourquoi ?

Le chauffeur restait muet. C'était un Égyptien à la peau très sombre et une barbe crépue cachait son visage. Un de ses yeux était couvert d'un bandeau noir, et il avait relevé la capuche de son imperméable.

– Lise, fais quelque chose ! gémit Pauline.

Mathieu se rongeait nerveusement les ongles. Il cherchait une solution. Lise se grattait le nez. Normalement ce massage nasal permettait d'accélérer le fonctionnement de ses cellules grises, mais aujourd'hui, cela ne semblait pas marcher.

La Mercedes noire roula un certain temps à vive allure sur l'autoroute. Les K reconnurent au loin les pyramides illuminées de Gizeh. Puis l'homme sortit de l'autoroute et emprunta des ruelles sombres et tortueuses. L'éclairage se faisait de plus en plus rare. Le chauffeur klaxonnait continuellement pour que les gens se poussent. Lorsque la voiture fit un bref arrêt, le visage ravagé d'une mendiante apparut à la vitre près de Pauline.

– La lèpre ! dit le chauffeur en ricanant.

Pauline hurla.

Mathieu, lui aussi, venait de faire une découverte horrible. Ils étaient en train de traverser un cimetière antique et dans les tombes et caveaux de cette nécropole vivaient des êtres humains ! Ce devaient être les plus pauvres d'entre les pauvres, qui n'avaient trouvé nulle part ailleurs où loger.

La course s'arrêta devant une petite bâtisse grise.

« Un mausolée ! se dit Lise. C'est sans doute le tombeau d'une personne fortunée. Mais il n'a pas été entretenu depuis belle lurette. »

Le chauffeur fit le tour de la limousine noire et ouvrit la porte. Lise, Pauline et Mathieu sortirent de la voiture sous la menace de son couteau.

– Attention, vous risquez de vous couper ! siffla Lise.

Le couvercle du tombeau était ouvert et une échelle en dépassait. Le chauffeur leur fit signe de descendre. Les trois enfants s'exécutèrent.

La pièce du bas ressemblait à une grande salle de séjour vaguement éclairée par des lampes à huile. Une porte s'ouvrit en grinçant. Un homme corpulent et presque chauve entra. Il avait un sourire entendu et fit signe aux trois K d'approcher. Lise, Pauline et Mathieu obéirent, serrés les uns contre les autres. Pauline prit la main de Lise.

L'homme dégageait une désagréable odeur de transpiration. Son costume avait connu des jours meilleurs. En souriant, le « seigneur de la tombe » leva sa main poisseuse vers le visage de Lise. Il lui prit le menton et la fit tourner. Elle repoussa vivement ses doigts et s'écria :

– Qu'est-ce que vous voulez ?

La porte s'ouvrit à nouveau et une femme pénétra dans la salle souterraine. Elle déclara en riant :

– Je vous ai vendus à Farouk.

– Madame Schell... vous ? dit Pauline en suffoquant. Aidez-nous ! S'il vous plaît !

La femme leur jeta un regard méprisant.

– Vous aider alors que vous savez que j'ai volé les bijoux ? Jamais ! Vous me soupçonniez, n'est-ce pas ?

– Oui ! dit sèchement Lise. C'est vrai. Mathieu a remarqué que, malgré votre âge, vous aviez une silhouette de jeune fille. Si l'on n'est pas observateur, on peut vous prendre pour une adolescente, alors que vous devez avoir la soixantaine.

– Seulement quarante-neuf ans ! hurla l'archéologue.

Mathieu et Pauline transpiraient à grosses gouttes. Lise avait du mal à garder son sang-froid et son sens de la repartie.

– Vous vouliez me faire endosser ce vol,

au cas où on vous aurait vue. D'où les couettes, c'est cela ?

La femme au visage artificiellement lisse tournait lentement autour des trois amis.

– Exact, mademoiselle la détective. Mais j'ai aussi vu votre a...

Elle s'interrompit un instant.

– Où est-il ? Où est le garçon ? hurla-t-elle.

– Axel n'est pas monté. Il a flairé le piège et se débrouillera pour que tout le monde sache dans quelles combines vous trempez. Vous avez bien dit qu'on ne devait pas troubler le sommeil des pharaons. Mais vous volez les morts !

– Samy ! cria Linda Schell en suffoquant.

Le chauffeur descendit dans la salle par l'échelle.

– Samy, allez chercher l'autre garçon, sinon mon plan ne fonctionne pas.

L'Égyptien acquiesça et remonta.

Jusque-là, le chauve n'avait rien dit. Mais il s'impatientait. Il posa une question en arabe à Linda Schell qui lui répondit dans sa langue en hochant la tête. Là-dessus, il empoigna Lise par le bras et la tira vers lui.

– Laissez-moi ! hurla-t-elle en le frappant au visage.

L'homme lui tordit le bras si fort que la douleur la figea.

Le visage de poupée de cire de Linda Schell fut traversé par une grimace.

– Vous avez remarqué tous les infirmes dans les rues du Caire ? Ce sont eux qui obtiennent le plus grand succès en mendiant. Qui refuserait de donner l'aumône à un aveugle, à un cul-de-jatte ou à un enfant sans bras ? La plupart d'entre eux appartiennent à l'entreprise de Farouk. Il les a rendus infirmes ! Farouk est passé maître en la matière.

Linda Schell avait un rire diabolique.

– Chère enfant, tu me rappelles la chose la plus importante de cette histoire. Je n'ai pas seulement mandaté Farouk pour vous couper un bras ou une jambe, je l'ai aussi prié de vous couper la langue. Comme cela, vous ne pourrez plus raconter des sornettes. Il serait peut-être bon aussi qu'il vous coupe le nez afin que vous ne le fourriez plus dans les affaires qui ne vous regardent pas.

Pauline, Mathieu et Lise paniquaient sérieusement. Les deux plus jeunes filèrent à l'aveuglette.

Farouk tenait Lise et ne pouvait s'occuper des autres. Linda Schell se lança à la poursuite de Pauline et Mathieu et les plaqua au sol. Cette petite femme frêle avait une force insoupçonnable et maintenait d'une main de fer les deux K à terre.

– Vous ne m'échapperez pas ! Bientôt vous gagnerez votre vie en mendiant. Et n'oubliez pas : la moitié de vos gains revient à Farouk ! leur lança-t-elle avec un rire moqueur.

AXEL À LA RESCOUSSE

Serrés les uns contre les autres dans un petit cagibi putride, Lise, Pauline et Mathieu tremblaient de tout leur corps. Farouk les avait enfermés dans ce réduit en attendant d'attraper Axel. À l'extérieur, il faisait ses préparatifs. Les prisonniers savaient précisément ce qu'il étalait devant lui. Linda Schell nommait à haute voix chaque instrument. De plus en plus hystérique, elle riait toujours plus fort.

– Une scie ! Une scie à os ! Superbe !

Sa voix résonnait aux oreilles des trois K comme le crissement de la scie.

« Linda Schell ne se serait jamais montrée à nous sans être sûre que nous ne puissions plus jamais parler, songea Lise, terrifiée. Et si ce fou de Farouk nous coupe les mains par-dessus le marché, impossible d'écrire. »

Dans la grande salle, on fit sauter un bouchon de champagne et tinter les verres.

– Santé ! lança l'archéologue.

– Santé, madame ! répondit Farouk.

Mathieu appuya en tremblant sur un bouton de sa montre, qui éclaira le cadran. Quatre heures du matin. Combien de temps durerait leur répit ?

– Quelle idiote ! chuchota Lise. J'aurais dû me méfier de ce télégramme.

– Ce n'est pas de ta faute ! répliqua Mathieu.

– Non… non, renchérit Pauline.

– Nous aussi… on aurait pu réfléchir. Rester ensemble. Ne pas céder devant le danger. Ne jamais nous séparer.

Lise sentit les larmes lui monter aux yeux. Elle prit les mains de ses amis dans les siennes et les serra fort.

– Peut-être qu'Axel parviendra à nous délivrer, balbutia-t-elle.

Mais elle n'y croyait guère. Comment leur ami pourrait-il les retrouver dans cet endroit perdu ? Et pourtant, cette idée était comme la bouée à laquelle se raccroche le naufragé.

Dehors, l'archéologue s'écria soudain :

– Voilà celui qui nous manquait !

– Ne me touchez pas ! entendirent-ils quelqu'un lui répondre.

C'était la voix d'Axel ! Ils avaient donc retrouvé le quatrième K. C'en était fini de leurs espoirs ! Le choc fut trop fort pour Pauline, elle perdit connaissance.

L'échelle grinça et Samy, le chauffeur, apparut.

– Joli travail, vous êtes un excellent collaborateur ! le félicita Linda Schell. Vous aurez une récompense. Mais d'abord, il faut enfermer le quatrième.

Farouk sortit une clé de sa poche et ouvrit la serrure rouillée de la porte. Quand il voulut pousser Axel vers les autres, Samy bondit brusquement de l'échelle. Sa capuche glissa et des cheveux blonds et courts apparurent. Le faux Samy se retourna et brandit un pistolet sur Farouk et Linda Schell.

– Sortez, vite ! cria Axel à ses amis.

– Que... quoi ?

Lise et Mathieu étaient complètement interdits, paralysés de surprise.

Farouk se mit à crier. Il appelait quelqu'un.

– Silence ! lui ordonna le faux Samy dont Lise reconnut la voix.

– C'est... Stella Dominsky !

Axel agrippa ses compagnons et les tira

hors de leur prison. Il gifla Pauline pour la réveiller. Complètement ahurie, la fillette regardait autour d'elle.

– Grimpez là-haut et installez-vous dans la Jeep rouge ! ordonna Axel.

Bien que Stella Dominsky le menaçât de son pistolet, Farouk n'arrêtait pas de hurler.

– Il appelle ses gens à l'aide ! traduisit Stella. Ils doivent se trouver autour du mausolée et vont arriver d'une minute à l'autre. Il faut partir au plus vite !

Les K sautèrent presque ensemble sur l'échelle et trois barreaux lâchèrent.

– Vite ! Si la bande de ce gangster rapplique, tous les pistolets du monde seront impuissants.

Stella les poussa vers le haut tout en gardant Farouk et Linda Schell en joue.

Les K sortirent du mausolée et tombèrent sur la Jeep rouge garée juste devant. Axel ouvrit le hayon et fit signe à ses compagnons de grimper. Stella arriva en dernier et se mit au volant.

– Attention, des hommes ! cria Mathieu.

Derrière le mausolée surgirent une dizaine de silhouettes sombres brandissant des couteaux. Stella fit hurler le moteur et fonça. Les roues soulevaient des nuages de poussière.

Axel eut un sourire triomphal.

– Stella était à l'aéroport et on vous a suivis. Mais il fallait attendre le bon moment pour vous délivrer. Quand Samy est remonté, on l'a assommé et attaché solidement. Ensuite, Stella a attendu que Farouk et Linda Schell soient à moitié ivres pour mettre toutes les chances de notre côté.

– Mon pistolet est taillé dans du savon ! avoua l'archéologue. J'avais surtout très peur des hommes de Farouk. S'ils nous avaient attrapés, c'était fichu. Ils ne se seraient pas simplement contentés de vous défigurer mais par bonheur nous voilà sains et saufs.

LES PILLEURS DE TOMBE

Il était neuf heures. Les K, Stella Dominsky, le Professeur Karlof, Mme Klingmeier et Ahmed étaient réunis autour d'une grande table du restaurant de l'hôtel et mangeaient.

La mère d'Axel jetait sans cesse des regards inquiets vers les enfants et soupirait.

– Maminou, calme-toi s'il te plaît. C'est fini et mon genou ne me fait plus mal ! dit son fils pour achever de la rassurer.

Il n'avait pas commandé les habituelles spécialités orientales très épicées, mais un steak frites. Il avait une faim de loup.

Karlof était métamorphosé. Le visage sévère de l'archéologue était lisse et aimable.

– Les enfants, je ne peux vous dire combien je vous suis reconnaissant de votre découverte, déclara-t-il en fin de repas. Linda Schell travaille depuis de longues années avec moi et je ne l'avais jamais soupçonnée de voler des bijoux anciens. Elle a été prise à son propre piège cette fois-ci.

– Quand elle a compris qu'on l'avait démasquée ! ajouta Lise.

Le professeur acquiesça.

– Mais comment êtes-vous arrivée au Caire sans autorisation préalable ? demanda-t-il à Stella Dominsky.

Stella s'essuya la bouche et expliqua :

– Je travaille pour le musée égyptien du Caire. Nous avons appris par les receleurs qui vendent les objets volés qu'une organisation de voleurs s'était infiltrée dans votre équipe. C'est pourquoi je me suis fait engager dans votre groupe. Pour en savoir plus. Dès que Lise a affirmé connaître le nom du voleur, Linda Schell a réservé un billet pour le Caire. Je l'ai suivie car cela m'a paru suspect.

– Heureusement ! soupira Mme Klingmeier.

Ahmed se taisait. Il picorait sans appétit dans son assiette de riz. Le jeune Égyptien se sentait coupable du danger encouru par les enfants car il ne les avait pas accompagnés lui-même à l'aéroport du Caire.

Une question brûlait les lèvres de Pauline :

– Est-ce que Linda Schell était aussi... la momie rouge ?

Karlof fronça les sourcils.

– C'est bien possible. Elle voulait vous effrayer car madame Klingmeier avait parlé de vos aventures. Elle nous a raconté toutes les énigmes que vous avez élucidées. Je prenais tout cela pour des vantardises d'enfants mais aujourd'hui, je dois confesser mon erreur.

Ahmed semblait très préoccupé.

– J'ai encore des doutes, lança-t-il. Mes parents m'ont souvent parlé d'une famille de pilleurs de tombes. De génération en génération, ils se transmettent les entrées secrètes des pyramides et des tombes souterraines. Une fois, lors d'une fouille, une statue en or de grande valeur a disparu. Un des chercheurs a tout de suite pensé qu'il devait s'agir de cette famille de pilleurs.

Karlof haussa les épaules.

– Et alors ? Où voulez-vous en venir, cher collègue ?

Ahmed laissa son regard se perdre et murmura :

– Il y a beaucoup de pilleurs de tombes. Certains empruntent peut-être même le masque de la momie rouge. Mais qui sait si la malédiction ne se réalisera pas pour faire de la vie de l'un de nous un enfer...

Un silence embarrassé suivit. D'un seul coup, l'atmosphère détendue de la soirée s'estompa. Les K réalisèrent que Linda Schell était libre. Samy aussi. Lorsqu'ils firent part de leurs craintes au professeur, celui-ci les rassura :

– Pas de panique les enfants. Nous sommes tous avec vous. Madame Dominsky loge à gauche de votre chambre. Moi à droite. Madame Klingmeier et Ahmed sont en face. Vous êtes bien entourés et surveillés. Vous pouvez dormir en paix et oublier vos angoisses. Il ne vous arrivera rien.

Avant de se coucher, les K se réunirent pour faire le point.

– Cette momie rouge, c'est vraiment bizarre, dit Mathieu.

– J'ai... peur qu'elle revienne ! avoua Pauline.

Lise se gratta le nez avant d'exprimer son point de vue :

– Je ne crois pas à un esprit. La momie

rouge est un déguisement, il faudrait trouver qui se cache derrière.

Axel frissonna. Il faisait froid dans la pièce. Il se dirigea vers une des grandes armoires sombres. Peut-être trouverait-il une couverture supplémentaire. Il ouvrit et regarda dans le moindre recoin. Il s'apprêtait à refermer la lourde porte, lorsqu'il découvrit une poignée noire placée sous la tringle à vêtements dans le fond de l'armoire.

– Regardez-moi ça ! dit-il aux autres.

Lise fit tourner la poignée et appuya. L'armoire n'avait pas de fond. Il s'agissait d'une porte de communication avec la chambre attenante.

– Karlof en sous-vêtements à pois ! ricana Pauline.

Le professeur Karlof leur tournait le dos et ne remarqua pas ce qui se passait derrière lui. Lise referma rapidement la porte. Les K se laissèrent tomber en riant sur leurs lits. Le professeur était trop comique avec son caleçon à pois bleus et des fixe-chaussettes démodés.

LE SECRET DU PROFESSEUR

À moitié endormi, Axel se dressa sur son lit et se passa la main dans ses cheveux. Il avait fait un mauvais rêve qui finissait par un drôle de bruit.

Des coups légers le réveillèrent tout à fait. Le jeune garçon scruta l'obscurité de la chambre. Lise ne dormait pas non plus.

– Qu'est-ce… que c'est ? chuchota-t-elle à son ami.

– Aucune idée ! lui répondit-il à voix basse.

On frappa à nouveau.

– Ça vient de la chambre du professeur, dit Lise.

Axel se faufila hors de son lit. Il alla coller l'oreille à la porte et sursauta. Il se passait quelque chose dans la pièce voisine. Axel fit signe à Lise d'approcher :

– Écoute ça !

Lise se glissa dans la salle de bains et

revint avec un verre à dents. Elle l'appuya contre la porte et posa son oreille sur le fond du verre. Elle pouvait grâce à ce « truc » suivre plus distinctement la conversation.

Karlof n'était pas seul ! Il y avait une autre voix. Lise prit son courage à deux mains et entrouvrit la porte. La lumière l'aveugla, elle ferma les yeux.

– Au se... cours ! cria le professeur.

Lise entra dans la pièce. Au même moment, la porte d'entrée de la chambre se referma. Lise courut, l'ouvrit et regarda dans le corridor. Il y régnait un silence absolu.

Axel se pencha sur le professeur, allongé sur son lit. Il l'aida à se redresser.

– Qu'est-ce qui s'est passé ? Faut-il appeler quelqu'un ?

Karlof refusa d'un geste de la main.

– Elle m'a... presque étranglé ! haleta-t-il en se frottant le cou.

– Qui vous a étranglé ? questionna Lise.

– La momie rouge ! répliqua le professeur. On a frappé à ma porte... j'ai ouvert sans réfléchir et elle m'a bousculé. La momie rouge, celle que vous décriviez, elle voulait me tuer.

Mathieu et Pauline, les yeux bouffis de sommeil, passèrent à leur tour la tête dans l'entrebâillement de la porte.

– Qu'est-ce qui se passe ici ? demandèrent-ils.

– Allez vous coucher, les enfants... tout va bien, dit le professeur.

Mais il ne put se débarrasser aussi facilement des K.

– Professeur, pourquoi la momie vous poursuit-elle ? continua Lise.

– Mieux vaut que j'entre dans le vif du sujet, commença l'archéologue. Je crois que les soupçons d'Ahmed sont justifiés. Cette momie rouge semble traquer une bande de pilleurs. Mais je ne sais pas comment ces bandits connaissent l'existence de la canne d'Al Katok.

Mathieu posa un regard interrogateur sur le professeur.

– La canne d'Al Katok ? Qu'est-ce que c'est ?

– Ce que je vous raconte là est confidentiel. Je vous en parle au cas où il m'arriverait quelque chose. Personne ne doit soupçonner que vous connaissez le secret et vous ferez en sorte que le musée égyptien du Caire en soit informé. Pour l'instant, je ne peux rien dire au musée car je pense que des traîtres se cachent dans le personnel.

Les K étaient sur le qui-vive, leurs yeux brillaient.

– Par chance vous êtes venus et vous avez chassé la momie. Sinon, c'est elle qui aurait eu le secret entre les mains.

Il s'agenouilla et passa le bras sous son lit. À l'évidence, il y avait caché quelque chose. Il se releva en soufflant et tendit une canne en métal aux K. L'extrémité était retournée en forme de boucle dans laquelle se trouvait une pierre précieuse d'un jaune transparent, grosse comme un œuf de pigeon.

– Je possède cette canne depuis plusieurs années déjà, raconta le professeur. Lorsque je l'ai reçue, j'étais jeune assistant archéologue. Un prince bédouin me l'a donnée après que je l'ai sauvé de la gueule d'un crocodile.

Axel l'interrompit brièvement, car il avait une question :

– Qu'est-ce qu'un Bédouin ?

– Les Bédouins sont un peuple de nomades. Ils se déplacent dans le désert, lui expliqua le professeur. L'homme dont je vous parle traversait le Nil en bateau et il a percuté un autre bateau dans lequel je me trouvais. Il a été projeté dans le fleuve. Un crocodile a essayé de l'attraper mais j'ai pu le chasser à coups de rames et j'ai ainsi sauvé la vie du Bédouin. Pour me remercier, il m'a donné cette canne et un rouleau de papyrus.

Mathieu regarda la barre de métal et demanda :

– Quel rapport entre les deux ?

– Ça, j'aimerais bien le savoir, moi aussi, renchérit le professeur. Al Katok était un pharaon qui s'est fait construire une pyramide dans le désert. Elle a été découverte assez récemment.

Lise secoua la tête. Elle ne comprenait pas de quoi parlait le professeur ni où il voulait en venir.

– Je peux encore vous dire une chose, poursuivit Karlof, le papyrus contenait un message que je n'ai pas réussi à décoder. Il disait en substance :

Cette canne te conduira auprès d'Al Katok qui règne sur tout. Il fait parler le sphinx à midi. Le sphinx te montrera le chemin !

Mathieu était suspendu à ses lèvres.

– Ça veut dire quoi ?

Le professeur Karlof haussa les épaules.

– Pour l'instant, je n'en sais pas plus. Je ne connais que depuis peu l'emplacement de la pyramide d'Al Katok et on m'a dit qu'il y avait un sphinx devant. Vous savez, un lion à tête humaine.

– Qu'allez-vous faire maintenant ? demanda Pauline.

– J'aimerais résoudre cette énigme, déclara le professeur. Si j'y parviens, on découvrira peut-être des trésors incroyables.

Il se leva et bâilla.

– Voilà ! S'il m'arrivait quelque chose, vous connaissez au moins une partie du secret et vous pourrez le transmettre pour que d'autres poursuivent les recherches.

Sur ces mots, les K retournèrent se coucher. Plus question de dormir. Le récit du professeur les avait complètement passionnés. Lise était excitée comme une puce. Elle voulait participer à la découverte du secret d'Al Katok. Les autres hésitaient.

– Pense à la momie rouge. Elle va certainement continuer à poursuivre le professeur, elle est dangereuse, dit Mathieu.

– J'aimerais passer des vacances reposantes en Égypte sans rentrer cul-de-jatte ou manchot, si tu vois ce que je veux dire, ajouta Axel.

Lise eut un petit rire moqueur.

– Bande de froussards, bougonna-t-elle.

LE SPHINX DU DÉSERT

Lorsque les K arrivèrent dans la salle à manger pour le petit-déjeuner, ils cherchèrent Stella Dominsky et Ahmed sans succès.

Ils avaient une faim de loup.

— Les enfants, j'ai des nouvelles qui vont vous surprendre ! dit une voix grave provenant de l'entrée.

Le professeur Karlof se dirigea vers eux et s'assit à leur table.

— La police a arrêté Linda Schell et ses complices. Samy est en fait son mari, et ils ont près du Caire une magnifique villa. Linda Schell l'a payée en vendant les objets d'art égyptiens qu'elle avait volés. C'est bien elle la momie rouge qui a tenté de vous effrayer depuis le début.

Les K poussèrent un soupir de soulagement. Plus rien ne s'opposait à leur séjour en Égypte. Ils étaient hors de danger.

— Madame Klingmeier, il faut que vous alliez à Assouan, dit Karlof, en se tournant vers son assistante. J'ai un collègue qui tra-

101

vaille là-bas au décryptage d'inscriptions, il a un besoin urgent de documents que je lui ai préparés. J'insiste sur le fait qu'ils doivent être transmis personnellement, car je ne veux pas confier ces précieux documents à la poste.

– Volontiers, monsieur, acquiesça la mère d'Axel. Mais je ne souhaite pas laisser les enfants seuls au Caire.

Le professeur posa sa main sur son bras pour la rassurer.

– Ne vous inquiétez pas, j'y ai pensé. Mais il n'y avait plus de places dans l'avion. Ils prendront donc le train. Je les accompagnerai personnellement après avoir réglé quelques affaires ici, si vous êtes d'accord.

Mme Klingmeier le remercia.

Après avoir déposé Mme Klingmeier à l'aéroport, Karlof et les K se rendirent en ville.

– Vous n'avez même pas vu de près les pyramides de Gizeh, s'exclama soudain le professeur. Nous allons louer une voiture et les visiter.

Aussitôt dit, aussitôt fait. Peu après, les K admiraient la célèbre pyramide de Chéops.

– Napoléon a calculé qu'on pouvait, en mettant bout à bout les pierres de la pyramide, construire un mur de trois mètres de haut qui ferait le tour de la France. Cent mille ouvriers ont travaillé durant vingt ans pour construire cette pyramide. Chaque bloc de pierre est aussi haut que Pauline et pèse deux mille kilogrammes. L'édifice compte deux millions de ces blocs !

Les K étaient très impressionnés. Bientôt, ils se retrouvèrent devant le sphinx. Il avait un corps de lion massif, allongé et portait la tête du pharaon. Il était vieux de plus de quatre mille cinq cents ans. Les K pouffèrent quand ils découvrirent que son nez manquait.

– Dans une BD d'Astérix, on donne l'explication, dirent-ils au professeur Karlof. C'est Obélix qui l'a cassé en grimpant dessus.

En réalité, les siècles avaient laissé des traces sur ce monument colossal, surtout les dernières décennies. La pyramide était entourée d'un échafaudage sur lequel un grand nombre d'ouvriers travaillaient à la restaurer.

Lise ne put s'empêcher de demander :

– Professeur, quand allez-vous tenter d'utiliser la canne d'Al Katok ?

Le savant passa la main dans sa barbe et essuya la sueur sur son visage.

– Je suis très impatient de découvrir son secret, avoua-t-il. Mais ce n'est pas sans danger…

Il regarda longuement les K et déclara :

– À une quinzaine de kilomètres d'ici se

trouve une oasis. De là, il y a une demi-heure environ à dos de chameau pour atteindre la pyramide d'Al Katok. Seriez-vous d'accord pour m'accompagner ?

– Oui ! répondirent Lise, Mathieu et Pauline de concert.

Leurs poursuivants étaient en prison. Ils se sentaient en sécurité avec le professeur et avaient soif d'aventures.

Le seul à hésiter fut Axel. Il avait remarqué que le professeur Karlof semblait préoccupé. Dans leur sillage, Axel vit une femme qui regardait un peu trop souvent dans leur direction. Elle avait un foulard noir autour de la tête, portait de grosses lunettes de soleil et une ample robe rouge.

– Lise… tu vois cette femme… chuchota-t-il. Je crois qu'elle nous suit !

Lise lui tapota le front :

– Tu rêves, le rassura-t-elle. C'est sa robe rouge. Elle t'a sauté aux yeux parce que tu es obsédé par la momie rouge. Tu es encore sous le choc de ce que nous avons vécu ces derniers jours.

Elle le prit par l'épaule pour le réconforter. Axel s'écarta, troublé.

« Peut-être bien que Lise a raison… Je me suis sûrement trompé », se dit-il.

Lorsqu'il se retourna, la femme en robe rouge avait disparu.

L'ÉNIGME D'AL KATOK

Le voyage dans le désert fut une expédition inoubliable. La piste sombre serpentait dans un paysage de sable, tantôt rouge, jaune ou blanc. En chemin, ils firent une halte et le professeur sortit de l'arrière de la voiture des boissons d'un sac isotherme. Pendant que les K se dégourdissaient les jambes, le professeur souleva une pierre ronde. Un animal sombre qui ressemblait à un crabe en sortit, effrayé.

– C'est un scorpion ! cria Pauline.

Elle l'avait reconnu à son arrière-train étroit orné d'une pointe venimeuse. La piqûre d'un scorpion pouvait être mortelle pour l'homme.

Après s'être rafraîchis, les K grimpèrent sans sourciller dans la voiture brûlante de chaleur. Ils y transpiraient certes comme dans un sauna, mais ils y étaient à l'abri.

De loin, l'oasis ressemblait à une île verte.

Elle se composait d'un bosquet de palmiers à dattes, d'un point d'eau autour duquel se trouvaient des chameaux et d'une petite hutte d'où sortit un garçon au teint mat. Le professeur Karlof lui parla en désignant les chameaux. Le garçon secoua la tête et répondit quelque chose en arabe que les K ne comprirent pas, bien entendu.

– Que se passe-t-il ? questionna Lise.

Karlof fit un geste de la main et dit simplement :

– Ce garçon demande un prix exorbitant pour louer ses bêtes. Je ne suis pas prêt à en donner autant.

Il s'adressa à nouveau au jeune Égyptien, tout en élevant de plus en plus la voix. Il sortit finalement quelques billets de sa poche et les lui tendit.

Le professeur choisit cinq bêtes. À l'évidence il connaissait les chameaux et savait s'y prendre avec eux. Il s'empara d'un bâton et tapa sur leurs pattes avant. Les chameaux se mirent à genoux.

– Vite ! En selle ! commanda-t-il.

Il avait l'air pressé.

Les K grimpèrent tant bien que mal sur les selles poussiéreuses que portaient les bêtes. Elles étaient constituées de tapis et d'étoffe et dégageaient une odeur forte.

– Qu'est-ce que ces bêtes sentent mauvais ! soupira Mathieu en se pinçant le nez.

– Tu vas avoir besoin de tes deux mains pour tenir en selle ! lui conseilla le professeur.

Tandis que le chameau tanguait en se relevant, Mathieu agrippa effectivement la selle des deux mains.

L'archéologue était en tête et les quatre autres chameaux le suivaient docilement. Le jeune Égyptien leur cria quelque chose mais le professeur ne se retourna même pas.

– Professeur, qu'est-ce que disait ce garçon ? demanda Lise.

Mais le professeur ne l'entendit pas, il était déjà loin.

Maintenant, les K savaient d'où venait le terme de « vaisseau du désert ». Ils avaient terriblement mal au cœur. Le point vert que formait l'oasis rapetissait de plus en plus. Autour d'eux, il n'y avait que du sable : le désert s'étendait à perte de vue. Lise ignorait comment le professeur réussissait à s'orienter dans ce paysage. Il n'y avait aucun point de repère. Elle tapota son chameau sur le cou et cria :

– En avant !

La bête se mit à marcher plus vite et peu après, Lise cheminait près du professeur. Elle comprit alors comment l'archéologue se repérait. Il avait une petite carte et tenait une boussole à la main.

– Dans quelques minutes, nous devrions voir surgir devant nous la première pyramide d'Al Katok, dit-il à Lise.

Cette dernière hocha la tête et scruta l'horizon.

La chaleur était insupportable et le soleil brûlant. Le professeur semblait habitué et ne transpirait pas tellement. Les enfants, eux, peinaient. Ils avaient l'impression d'être en train de se dessécher et n'avaient même pas pris d'eau pour étancher leur soif.

Mathieu se sentait mal. Il avait des difficultés à se maintenir en selle. Des images lui revenaient à l'esprit ainsi que des bribes de conversation. L'histoire que le professeur leur avait racontée la veille se déroulait à nouveau devant ses yeux tel un film. Soudain, un nom très précis résonna dans sa tête. Mathieu avait le don de retenir très facilement les choses qu'il avait lues. Avant chaque voyage, il dévorait une montagne de guides sur le pays qu'il s'apprêtait à visiter. Il avait quelques connaissances sur l'Égypte et il avait été frappé par un détail. Un détail bizarre qui se trouvait dans le rapport du professeur. Mathieu décida de questionner l'homme à ce sujet, mais il n'en eut pas l'occasion. Ils étaient arrivés. Devant eux les ruines d'une pyramide émergeaient des sables. Elle devait jadis être d'une taille imposante mais aujourd'hui, il ne subsistait que la base. Le reste avait été poli au fil des ans par les tempêtes de sable. À une cinquantaine de mètres, ils reconnurent un sphinx qui gisait, le visage tourné vers le soleil. On avait l'impression qu'il contemplait les cieux.

Karlof descendit de chameau et aida ses jeunes compagnons à en faire autant. Il sortit une gourde et la leur tendit. Ils burent avidement quelques gorgées d'eau tiède qui les rafraîchit cependant.

L'archéologue paraissait très excité. Il se dirigea vers la tête de sphinx et l'ausculta minutieusement. Intrigués, les K le suivirent.

– Quel était déjà le message du papyrus ? demanda Lise.

– *Cette canne te conduira auprès d'Al*

Katok qui règne sur tout. Il fait parler le sphinx à midi. Le sphinx te montrera le chemin ! dit le savant.

Il connaissait le message par cœur.

– Il faut examiner de près cette tête de sphinx, décida Lise.

Axel lui fit la courte échelle et elle grimpa adroitement sur la pierre qui faisait environ deux fois sa taille.

– Tu vois quelque chose ? l'interrogèrent les autres, comme Lise restait muette.

– Oui, oui, répondit-elle. Je crois comprendre le fonctionnement de la canne d'Al Katok !

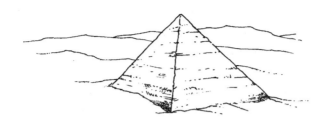

LES ESCLAVES DE LA PYRAMIDE

– Professeur Karlof, passez-moi la canne ! demanda Lise.

Le professeur hésita.

– Pourquoi ? Qu'as-tu trouvé ? questionna-t-il.

– Le sphinx a un trou dans le visage. Il est juste de la grosseur de la canne en métal. Passez-la-moi.

Karlof avait une sacoche de cuir en bandoulière, d'où il retira la canne. Lise l'attrapa et la plaça dans le trou. Sans succès la première fois. Le trou était bouché par du sable. Lorsqu'elle l'eut un peu dégagé, elle put y placer la canne. La jeune fille se répétait inlassablement le message qui se trouvait sur le papyrus :

Il fait parler le sphinx à midi...

Le mot « parler » évoquait très certainement la bouche, mais qu'allait lui dire cette figure de pierre ?

– Je... n'en peux plus... cette chaleur ! gémissait Mathieu. Le soleil est insupportable. J'ai oublié mon chapeau.

– Le soleil ! cria Lise.

Bien sûr, c'était cela ! La jeune fille fit tourner la canne en métal jusqu'à ce que le soleil frappât directement sur la pierre jaune.

– Quelle heure est-il ?

– Midi ! lui répondit Axel.

– Midi, hurla Lise. Il est midi ! Regardez !

Elle désignait l'immense socle de pierre, seul vestige de la pyramide. Il offrait un étrange spectacle aux enfants. Le pommeau étincelant avait capté les rayons du soleil et les réfléchissait en une tache claire et brillante. La luminosité était très forte.

– Le sphinx nous parle, murmura le professeur Karlof. Il dit que nous devons chercher à cet endroit.

Le savant posa la main sur la flaque de lumière vive et la retira aussitôt avec un cri. La pierre jaune concentrait la chaleur du soleil. Lise tourna la canne. Le professeur pouvait à présent ausculter la pierre sans craindre les brûlures. Il tâta la surface avec ses doigts et inspecta les profondes fissures et les jointures tout autour de la pierre. Les enfants suivaient ses moindres gestes avec attention.

– Là, vous voyez, dit-il en montrant une partie de la pierre sur laquelle il appuya.

– Qu'est-ce qui se passe ? demanda Axel d'une voix haletante.

La pierre céda. Il s'agissait sans doute du mécanisme d'ouverture d'une porte. Le bloc glissa sur le côté. Derrière se trouvait un long couloir.

– Je brûle de savoir ce qui se cache dans cette pyramide, lança le professeur. Mais d'abord, je vais chercher ma caméra. Je l'ai laissée dans la sacoche de ma selle.

Les K fixèrent l'obscurité en retenant leur souffle. La brise qui soufflait dans le passage était bien plus fraîche que le vent du désert. La lumière éclairait à peine les lieux. À l'entrée, ils reconnurent des hiéroglyphes. Poussée par la curiosité, Lise avança. Les autres la suivaient.

Ils avaient à peine franchi dix mètres qu'ils entendirent un grincement derrière eux. Ils se retournèrent et virent la porte se refermer.

– Monsieur le professeur ! hurlèrent les K, mais il était resté à l'extérieur.

Tandis que le bloc de pierre reprenait sa place, il y eut des tremblements et des grondements dans le passage, suivis du noir complet. Les K étaient dans les ténèbres. Axel sortit aussitôt sa lampe de poche et l'alluma. Il courut vers l'entrée du tunnel et poussa de toutes ses forces sur la pierre. Mais la porte ne semblait pas s'ouvrir de l'intérieur.

– Le professeur Karlof va bientôt revenir, il nous sortira de là, dit Lise aux autres pour les rassurer.

Sur ces mots, ils entendirent des pas derrière eux. Effrayés, Axel, Lise, Mathieu et Pauline se retournèrent et fixèrent l'obscurité. La lumière vacillante d'une lanterne se déplaçait le long du mur. Il n'y avait aucun doute : quelqu'un arrivait de l'autre côté du tunnel.

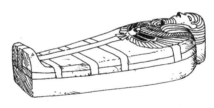

Une ombre terrifiante se découpa sur les inscriptions de la paroi. Un homme corpulent se détacha dans la lumière, il était vêtu d'un jean usé, le torse nu et sale. Lise le reconnut sur-le-champ.

– Il ressemble à l'autre, vous savez, ce... Farouk ! réussit-elle à murmurer.

L'inconnu sortit un fouet et le fit claquer. Il agita ses mains dans les airs pour faire signe aux K de le suivre. Il fit à nouveau claquer son fouet car ils ne s'exécutaient pas assez vite. Sa lanière atteignit Axel au bras et le garçon hurla. Une fine ligne rouge sang tachait sa chemise.

– Il faut obéir, souffla Lise.

– Venez… venez !

Pauline frissonna en passant devant l'homme bedonnant. Qui était-il ? Comment avait-il pénétré dans cette pyramide que personne n'avait visitée depuis des millénaires ?

Sans ménagement, il poussa les deux garçons et les deux filles dans le tunnel. Le sol était jonché de débris de roche qui gênaient leur marche. Plusieurs fois, ils tombèrent et se blessèrent. L'homme ne montrait aucune pitié. Il levait son fouet menaçant et celui qui ne se redressait pas assez vite risquait d'en recevoir un coup.

Le passage débouchait dans une salle un peu plus haute et plus large ouvrant sur une multitude de galeries. Plusieurs lampes à pétrole éclairaient la pièce.

Pauline regarda autour d'elle et poussa Lise du coude.

– Qu'est-ce que c'est ? demanda-t-elle, nerveuse.

Lise n'en crut pas ses yeux. Sur le sol gisaient des bottes de paille recouvertes ça et là de vêtements sales. L'odeur était insupportable.

L'homme émit un sifflement strident et aboya quelques mots. Aussitôt, on perçut des crissements et des raclements dans les galeries avoisinantes. Des enfants apparurent dans les crevasses de la paroi. Ils avaient à peu près le même âge que les K. Ils étaient couverts de poussière et leurs cheveux étaient hirsutes.

Les enfants dévisagèrent Axel, Lise, Mathieu et Pauline en silence.

Un désespoir profond submergea ces derniers. Ils étaient complètement abattus. L'homme était donc un meneur d'esclaves, un véritable négrier.

Le négrier se remit à hurler quelque chose d'incompréhensible. Les K furent empoignés par les enfants et entraînés vers une galerie. Ils se laissèrent faire à contrecœur.

LE TRÉSOR DE LA CHAMBRE FUNÉRAIRE

Axel suivait un garçon à quatre pattes. Le sable lui rentrait dans les genoux et les arêtes pointues des pierres l'égratignaient. Après une vingtaine de mètres, ils atteignirent le bout de la galerie. Le garçon prit une petite pioche et commença à taper contre le rocher. Il déposait les débris qui en jaillissaient dans un seau en fer blanc.

– Pourquoi tu fais ça ? demanda Axel.

Le garçon esquissa une grimace. Il ne le comprenait pas. Lorsque le seau fut plein, il fit signe à Axel d'aller le vider.

Mathieu, Pauline et Lise eurent droit au même traitement. Ils durent eux aussi rapporter les débris de pierre. Mathieu respirait difficilement car l'air était rare et saturé de poussière. La panique le gagnait et il avait l'impression que le tunnel allait lui tomber sur la tête. Les galeries étaient si basses qu'on ne pouvait s'y introduire

117

qu'à quatre pattes. Et elles étaient très étroites : impossible de se retourner. Les K devaient rapporter leurs seaux à reculons.

Lorsqu'ils arrivèrent dans la salle, le gros homme ventru les attendait. Avec son fouet, il leur fit signe de poser les seaux dans un coin où s'en trouvaient d'autres semblables. Puis il leur tendit des seaux vides et les poussa vers les galeries d'un coup de pied au derrière.

La montre d'Axel indiquait six heures du soir. Ils trimaient donc depuis plusieurs heures et ils ne pouvaient échanger une parole. Quand auraient-ils enfin l'autorisation de s'arrêter ? Leurs membres les faisaient souffrir. Leur travail était d'autant plus difficile qu'ils manquaient d'oxygène.

Enfin... le moment attendu arriva. Le négrier siffla puis hurla quelque chose. Les enfants s'extirpèrent des galeries. Une infâme soupe brunâtre bouillonnait dans une marmite gluante. Chaque enfant prit l'auge en fer blanc qui se trouvait sous sa paillasse et s'approcha du foyer. Avec un air dégoûté, l'homme balançait à chacun une portion à l'aide d'une grande louche.

Les K avaient faim eux aussi, mais l'énergumène au gros ventre ne leur accorda pas un regard.

Totalement démoralisés, ils se laissèrent tomber par terre. Une fille et un garçon s'approchèrent d'eux et leur proposèrent les restes de leur repas. Mais les enfants ne purent avaler une goutte tellement la soupe empuantissait la salle.

– C'est horrible ! dit Mathieu en suffoquant. On nous traite comme des esclaves. Pourquoi faut-il creuser ces galeries ?

Lise haussa les épaules.

– Je crois que c'est ainsi qu'ils comptent trouver la chambre funéraire du pharaon et ses trésors. Les rois égyptiens étaient toujours enterrés avec des montagnes de bijoux, de statues en or et autres objets de valeur.

– J'ai l'impression qu'on nous attendait, dit Axel à bout de forces. C'était un piège !

– L'esclavage est interdit par la loi. Qui peut avoir le cœur assez dur pour traiter des enfants de la sorte ? gémit Pauline.

Le fouet claqua à nouveau dans les airs. La pause était finie. Les enfants obéirent et saisirent un seau plein chacun. En file indienne, ils pénétrèrent dans le tunnel.

– Je n'ai vu aucune pierre dans le passage, murmura Lise. Ça signifie que les débris sont transportés vers l'extérieur. Avec un peu de chance, on pourra sortir !

Le seul commentaire d'Axel à cette supposition fut un rire rauque.

– Si c'était si facile de s'enfuir, les enfants l'auraient déjà fait depuis longtemps ! soupira Mathieu.

– Non ! répondit Lise, car ils savent qu'ils se retrouveront au beau milieu du désert. Sans chameaux, ils sont perdus. Mais nous, nos chameaux sont encore là.

– Je n'y crois pas ! bougonna Mathieu.

– Tu préfères croupir ici ? grinça Lise.

– C'est toi qui avais envie de jouer aux chercheurs de trésor. Pas moi ! lança Mathieu.

La voix de l'homme ventru tonna à la tête de la colonne. Les K se turent. Ils n'avaient aucune envie de goûter à son fouet.

– Allez les amis, il ne faut pas désespérer ! souffla Lise. On en a vu d'autres !

Ils parvinrent enfin à l'entrée du tunnel. L'homme hurla et tous firent volte-face, le dos tourné à la sortie. Lorsque Lise jeta furtivement un coup d'œil derrière elle, le fouet claqua et la fillette redressa promptement la tête.

On entendit un grincement et de l'air frais s'engouffra par l'ouverture. L'homme cria à nouveau, la file d'enfants se remit en marche. Chacun se rendait dehors pour vider son seau puis revenait aussitôt dans la pyramide. Lise fut la première des quatre à sortir. Devant elle, il y avait deux petits Égyptiens. Elle réfléchit fébrilement : comment fuir ? Le meneur d'esclaves se tenait jambes écartées à la sortie et ne quittait pas les enfants des yeux, son fouet levé en guise de menace, prêt à le faire claquer.

Lorsque ce fut le tour de Lise de vider son seau, elle s'exécuta, tel un robot et revint vers l'entrée.

Un cri de colère la fit sortir de sa torpeur. Elle se retourna et vit l'homme chanceler. Axel lui avait jeté son seau dans les jambes. Lise réagit sur-le-champ. Elle lança son seau à la tête du négrier surpris qui tomba à terre en se tenant le front.

Les petits Égyptiens, qui avaient suivi la scène bouche bée, s'animèrent soudain et l'entourèrent. Ils lui replièrent les bras dans le dos et le maintinrent face contre terre. Mathieu bondit à l'extérieur et poussa un cri de joie. Les chameaux étaient encore là. Il courut chercher une corde pour ficeler l'homme. Il ne trouva que des couvertures dont il déchira l'étoffe mince en lambeaux. Quelques minutes plus tard, l'homme ressemblait à une véritable momie !

– Nous reviendrons ! dit Lise aux enfants en leur faisant signe qu'ils partaient.

Les K grimpèrent sur les chameaux et leur tapotèrent le cou. Les bêtes se levèrent et se mirent en route.

– Nous ne savons même pas dans quelle direction aller. Et il n'y a aucune trace du professeur Karlof ! se lamenta Pauline.

LA TEMPÊTE
DE SABLE

Le jour baissait lentement, le soleil ressemblait à une boule de feu qui se rapprochait de la ligne d'horizon. Il ne restait guère de temps aux K pour trouver une piste ou une oasis. Le danger ne venait pas de l'obscurité mais du froid glacial qui régnait la nuit. Et ils n'avaient rien pour s'en protéger.

Subitement, les chameaux se mirent à courir. Leurs sabots faisaient voler le sable et les K avaient toutes les peines du monde à se maintenir en selle. Ils s'agrippèrent à leur monture et prièrent le ciel de ne pas tomber car les autres chameaux ne s'arrêteraient sûrement pas.

Lise maudissait Karlof. Pour elle, il était clair que c'était lui qui les avait attirés dans ce piège. Mathieu en avait même une preuve. L'homme avait menti. Il avait parlé aux enfants d'un crocodile qui aurait attaqué un homme sur le Nil. Or, depuis long-temps, il n'y avait plus de crocodiles ni d'hippopotames dans le Nil. On pouvait en voir à la rigueur au zoo du Caire. Mathieu se serait giflé de ne pas y avoir pensé plus tôt.

– Où ces bêtes courent-elles ainsi comme des folles ? hurla Axel.

Un vent violent se leva provoquant des tourbillons de sable. Les petits grains fins piquaient la peau des enfants. Mais le vent n'arrêtait pas les chameaux qui pouvaient fermer leurs naseaux et rabattre leurs longs cils tels des rideaux sur leurs yeux.

« Le chameau du professeur n'était plus là », songea brusquement Lise.

Elle s'était couchée en avant sur sa bête pour essayer de se protéger du sable. Un quart d'heure plus tard environ, elle remarqua que sa monture ralentissait l'allure. Le vent soufflait toujours.

– L'oasis ! Les chameaux nous ont rame-nés ! hurla Mathieu.

Les autres relevèrent la tête. En effet ! Ils étaient dans l'oasis où ils s'étaient arrêtés en fin de matinée. Les bêtes se rendirent droit au point d'eau et se mirent à boire avidement sans prendre le temps de dépo-ser leurs cavaliers. Les K se débrouillèrent pour descendre.

– Je comprends pourquoi le garçon criait ce matin, dit Lise aux autres. Ces chameaux ont besoin de beaucoup de temps pour boire, car ils emmagasinent une grande quantité d'eau. Les bêtes n'avaient peut-être pas fini de stocker leurs réserves !

– C'est une chance pour nous, sinon nous ne serions jamais sortis du désert, soupira Mathieu.

Axel mit un doigt sur sa bouche et fit signe aux autres de se taire. Une voiture était garée non loin d'eux : un véhicule tout-terrain. Les K s'en approchèrent et l'inspectèrent. Rien ne permettait d'en identifier le propriétaire. La vitre était ouverte et Axel passa la tête à l'intérieur.

Pendant ce temps, Lise s'était approchée de la Jeep du professeur. Une chose lui sauta immédiatement aux yeux : les clés étaient sur le tableau de bord. Les K s'accroupirent entre les voitures et se concertèrent sur la manière d'agir.

– Nous devons filer d'ici, souffla Mathieu.

– Très fort ! siffla Lise. Et comment ? En chameau ?

Axel avait une idée :

– J'ai déjà conduit, dit-il doucement. Mon oncle a une grande propriété et il m'a donné quelques leçons. Je pense que je saurais me débrouiller. Nous devons aller toujours tout droit. Nous serons certainement seuls sur la piste. Il ne peut rien nous arriver.

Lise approuva. Les autres aussi.

– Les enfants… mais comment êtes-vous arrivés jusqu'ici ?

Ils sursautèrent. Le professeur Karlof s'était approché d'eux par derrière, sans bruit. Les K le fixèrent, bouche bée.

– Comment… comment êtes-vous sortis de la pyramide ? continua le professeur.

Bien qu'il soit à côté d'eux, il parlait étrangement fort.

– Est-ce que nous aurions dû y rester à vie comme esclaves ? lui rétorqua Lise.

Karlof la regarda, décontenancé.

– De quoi parles-tu ? J'étais totalement abasourdi quand j'ai vu la lourde porte se refermer et je suis parti aussitôt chercher de l'aide !

– Et pourquoi êtes-vous ici alors ? Plus de six heures se sont écoulées depuis ! dit Axel.

Une silhouette apparut derrière le professeur. Pauline poussa un gémissement. Dans la seconde qui suivit, les autres comprirent pourquoi. C'était Linda Schell.

– Avec qui parles-tu ? commença-t-elle, mais elle s'arrêta net.

Elle dévisagea les K comme s'il s'était agi d'un mirage.

– Espèce d'idiote ! gronda le professeur, si maître de lui d'habitude. Tu n'écoutes pas quand je te mets en garde. Ils savent tout maintenant.

Avant que le professeur n'ait eu le temps de réagir, Lise sauta dans le véhicule en encourageant son ami :

– Démarre, Axel ! Allez !

Les K se hissèrent dans la Jeep. Axel mit le contact, passa la première et lâcha la pédale d'embrayage en appuyant à fond sur l'accélérateur. La voiture partit en trombe.

– Suis-les, ils ne doivent pas s'échapper ! entendirent-ils le professeur hurler.

Pauline regardait par la vitre arrière et commentait la situation pour les autres :

– Linda Schell monte dans sa voiture, elle va nous poursuivre.

Le moteur hurlait et Axel s'escrimait désespérément sur le levier de vitesse. Il y eut un craquement mais il enclencha finalement la seconde, puis la troisième. Le bruit du moteur semblait plus normal et la voiture fonçait sur la piste. En unissant leurs forces, Axel et Lise réussirent même à trouver les phares et les essuie-glaces. Il ne pleuvait pas mais le vent soufflait toujours et projetait du sable sur le pare-brise.

– Linda Schell est certainement derrière nous. Plus vite ! cria Mathieu.

Axel, qui commençait à prendre de l'assurance au volant, sortit de sa poche un trousseau de clés.

– Elle ne pourra pas démarrer. J'ai pris ses clés ! dit-il en ricanant.

Le vent soulevait des tourbillons et soufflait de plus en plus fort. On n'y voyait presque plus rien. Axel avait l'impression de se trouver au beau milieu d'une tempête de neige. Il fixait la route, les yeux écarquillés. Une épaisse couche de sable s'y était déposée et elle disparaissait dans le paysage. Le garçon réussit cependant tant bien que mal à conserver son cap.

Quand ils virent surgir devant eux les lumières de la ville, les enfants ressentirent un grand soulagement. Ils atteignirent assez vite un grand hôtel devant lequel ils arrêtèrent la voiture. À bout de forces, ils pénétrèrent dans le hall.

– S'il vous plaît, appelez l'hôtel Nassa, madame Dominsky... ou Ahmed.

LE FIN MOT DE L'HISTOIRE

Deux jours plus tard, les K, Stella Dominsky, Ahmed et Mme Klingmeier étaient assis sur la terrasse somptueuse d'un magnifique hôtel. Leur table était entourée de palmiers, et l'on devinait les reflets du Nil entre les troncs épais et sombres. À cet endroit, le fleuve était encore sauvage. Il avait creusé son cours à travers des roches de granit.

Les K sirotaient un thé à la menthe. Ils étaient arrivés à Assouan par avion le matin même, se réjouissant de revoir enfin Mme Klingmeier. Ils avaient des tas de choses à lui raconter.

– Ton patron est un bandit ! déclara Axel. Il était de mèche avec Linda Schell. Et ce n'est pas tout : ils sont mariés et possèdent un palais à Louxor. Leurs travaux de recherche n'étaient qu'une couverture pour commettre leurs escroqueries. Ce sont des pilleurs de tombes professionnels de grande envergure. Il paraît que la pyramide en ruine dissimule un trésor d'une valeur inestimable. C'est pour le trouver que ces pauvres enfants devaient creuser des galeries dans des conditions inhumaines.

Ahmed hocha la tête.

– Il y a malheureusement beaucoup d'enfants qui doivent travailler en Égypte. Ils ramassent les poubelles ou confectionnent des tapis. Le professeur Karlof leur a promis un peu d'argent et les a ainsi embarqués dans sa pyramide où ils trimaient comme des esclaves.

– C'est là que nous devions disparaître après avoir échappé à Farouk, cette espèce de trafiquant d'infirmes, continua Axel. Ils sont liés : l'homme de la pyramide, le négrier, est le frère de Farouk. C'est une famille très peu recommandable ! Karlof nous haïssait d'avoir découvert le vol d'objets antiques et perturbé son plan. Il voulait se débarrasser de nous à tout prix.

– L'autre nuit, ce n'était pas la momie rouge qui était dans sa chambre, mais Linda Schell. Le professeur lui faisait de violents reproches et ils se sont disputés. Lorsque nous les avons surpris, elle s'est enfuie tandis que Karlof criait au secours et inventait l'histoire de la momie rouge et puis celle du Bédouin, dit Lise pour expliquer ce qui s'était passé à l'hôtel.

– En réalité, il avait trouvé cette canne d'Al Katok dans une tombe, déclara Ahmed.

– Le professeur a alors décidé de s'occuper lui-même de nous. Déguisée en momie ou dissimulée derrière de grosses lunettes de soleil, Linda Schell le suivait pas à pas, poursuivit Mathieu.

– Quant à nous, il nous a réveillés en pleine nuit et attirés dans une boutique du bazar. Il disait qu'il était en danger. Nous avons été assommés et ligotés. Il nous a fallu toute la journée pour nous libérer, raconta Stella.

Mme Klingmeier hocha la tête.

– Et moi, il m'a envoyée à Assouan sous un faux prétexte : son collègue était introuvable.

– Cet homme est fou à lier, s'exclama Axel, blanc de colère. Il était prêt à nous éliminer pour avoir la voie libre. Sa haine dépasse les bornes.

Mme Klingmeier ne comprenait pas comment elle avait pu travailler pour un tel homme sans s'en apercevoir.

Lise regarda longuement Ahmed et dit :

– Tu peux nous expliquer un certain nombre de choses sur la momie rouge, n'est-ce pas ?

Ahmed resta un instant silencieux puis hocha la tête.

– Oui, je peux vous en parler. Regardez.

Il ôta son gant noir et montra sa main. La peau était couverte de cicatrices. Elle avait été visiblement brûlée et mal soignée.

– Moi aussi, j'ai été esclave. J'ai trimé plusieurs années pour ce brigand ! déclara-t-il.

– Dans la pyramide où a été trouvée la momie rouge ? demanda Lise.

– Tu as deviné. À cette époque, une fois la chambre funéraire découverte, Karlof nous a chassés dans le désert. J'ignore ce qui est arrivé aux autres. Moi, en tout cas, j'ai eu de la chance. J'ai été recueilli par un groupe de touristes qui traversaient le désert à dos de chameau. Un couple m'a adopté et c'est ainsi que j'ai quitté le pays. Je n'ai cependant jamais oublié ni pardonné et après mes études, je suis revenu en Égypte. J'ai réussi à retrouver la pyramide dans laquelle j'avais été maltraité. J'ai déchiffré les inscriptions de la momie rouge. J'ai traqué le responsable de ces crimes durant des années jusqu'à ce que je tombe enfin sur Karlof. Je n'étais pas tout à fait sûr que ce soit lui, car j'avais perdu le souvenir de son visage. C'est pourquoi j'ai utilisé l'astuce de la momie rouge. Je voulais voir comment il réagirait. Je lui suis apparu deux fois, et chaque fois il a été terrorisé.

– Mais pourquoi nous as-tu fait peur, à nous aussi ? questionna Pauline.

– Je craignais qu'il ne s'en prenne à vous. À votre arrivée, j'étais seul dans le camp. J'ai réfléchi à la meilleure façon de vous effrayer pour vous éloigner. C'est la raison pour laquelle j'ai appelé à l'aéroport pour connaître l'heure de votre arrivée. Lorsque j'ai su que vous auriez du retard, j'ai établi mon plan. J'ai demandé à un chauffeur de taxi d'aller vous chercher et de vous conduire au tombeau. Je vous y attendais. Mais je n'avais pas prévu l'histoire de la dalle de pierre. Je suis sorti par l'issue normale. Je vous ai observés et j'ai vu comment l'homme s'approchait de vous. C'était un homme de Karlof et je ne pense pas qu'il avait de bonnes intentions. Alors j'ai dû faire une nouvelle apparition.

– Et moi je suis venue à la tombe parce qu'Ahmed ne rentrait pas. C'est mon ami et je voulais savoir où il était, expliqua Stella à son tour.

– Alors, c'est Ahmed avec qui vous aviez rendez-vous cette fameuse nuit ? demanda Mathieu.

Stella fit signe que oui.

– Et le cobra ? demanda Lise.

Ahmed respira profondément.

– Il était destiné à Karlof, pas à toi. Ma colère contre cet homme n'avait pas de limites, et je voulais me venger. Par bonheur, mes tentatives ont échoué et il sera jugé pour ses méfaits comme il se doit.

– Pourquoi as-tu jeté cette pierre sur moi dans le temple ? voulut savoir Axel.

Cette fois, Ahmed s'en défendit :

– Ce n'était pas moi. C'était sûrement Linda Schell.

– Je suis content que Karlof nous ait conduits à cette pyramide. Les enfants sont libres désormais et dans un centre d'accueil. Mais il leur faudra sûrement beaucoup de temps pour oublier les horreurs de leur captivité, dit Axel.

Stella Dominsky regarda les K avec admiration.

– Vous avez démasqué une véritable mafia. Malheureusement une grande partie des objets précieux que Karlof et Linda Schell ont dérobés sont en possession de collectionneurs privés et sont perdus à jamais.

Il y eut un silence puis Ahmed déclara :

– Ce qui est perdu est perdu. Mais, nous allons poursuivre nos recherches et nous découvrirons encore certainement beaucoup de merveilles de l'ancienne Égypte.

Carnet de Voyage

Avec les K, je pars en

Égypte

Les K voyagent et enquêtent à travers le monde, tu peux les retrouver :

- en *Angleterre* dans
  Un fantôme au pensionnat
- en *Espagne* dans
  Le mystère du château hanté
- en *Autriche* dans
  Panique sur le télésiège

Pour se repérer en Égypte,
une carte est indispensable

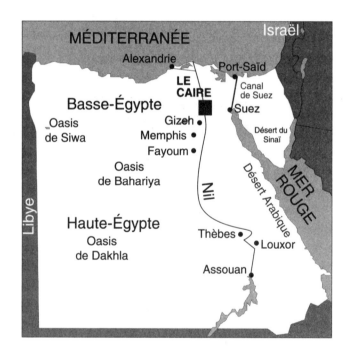

MÉDITERRANÉE   Israël

        Alexandrie   Port-Saïd

                    LE   Canal
                    CAIRE   de Suez
Basse-Égypte
                                 Suez
  Oasis   Gizeh   Désert du
  de Siwa   Sinaï
            Memphis
            Fayoum

        Oasis
        de Bahariya
                                                 MER
                        Nil   ROUGE

Haute-Égypte
  Oasis
  de Dakhla   Thèbes
                                    Louxor

                    Assouan

Libye

Désert Arabique

Les Égyptiens aiment qu'on leur parle dans leur langue.

oui : aywa
non : la'
Bonjour : sabah el kheir
Bonsoir : mesa el kheir
Au revoir : ma'asalama
Je suis français : ana feransâwi
Je suis française : ana feransâweyya
Je ne parle pas arabe : ma'atkallemsh'arabi
Quelle heure est-il ? : es-sâ'a kâm ?
Merci : shokran
Je veux aller à : âwez arouh a
Je veux boire : âwez ashrab
Je suis fatigué : ana ta'bân
Je n'ai pas d'argent : ma'andi-sh folous
Restaurant : matam
Petit déjeuner : ftour
Déjeuner : ghada
Dîner : acha
Eau minérale : maya ma daniya

Et je compte :
1 : wâhed - 2 : etnên - 3 : talâta - 4: arba'a -
5 : khamsa - 6 : setta - 7 : sab'a - 8 : tama-
nya - 9 : tes 'a

Pour mieux connaître l'Égypte.

L'Égypte ou République arabe d'Égypte est un état de l'Afrique du Nord-Est. La quasi-totalité de la population vit sur 4 % du territoire, dans la vallée du Nil, le reste du pays étant un vaste désert parsemé de quelques oasis.

Autrefois, la vie était rythmée par les crues du Nil, d'août à septembre, ce qui est moins vrai aujourd'hui, car de grands barrages, en particulier à Assouan, ont été construits.

• *Sa superficie :* 1 000 000 km².

• *Sa population :* 66 millions d'habitants environ. C'est le pays le plus peuplé du monde arabe.

• *Sa monnaie :* la livre égyptienne.

• *Sa capitale :* Le Caire.

• *Les villes principales :* Louxor, Assouan, Alexandrie, Guizeh, Port-Saïd, Karnak, Suez, Héliopolis.

• *Les religions :* musulmane 90 %, chrétienne 9 %, divers 1 %.

- *Sa langue :* l'arabe.
- *Son régime :* présidentiel.
- *Formalités touristiques :* passeport en cours de validité et visa obligatoires.
- *Les jours fériés :*

1er janvier : jour de l'An

25 avril : restitution du Sinaï

1er mai : fête du travail

18 juin : jour de la libération

23 juillet : jour de la révolution

6 octobre : fête nationale

23 décembre : fête de la victoire

Le Sphinx de Guizeh

Quelques conseils pour parcourir l'Égypte sans souci.

• Si tu n'as pas de difficultés à te lever le matin, essaie de faire les visites tôt, tu auras moins chaud et tu en profiteras mieux.

• Évite les shorts en ville, cela n'est pas une pratique courante en Égypte.

• N'oublie pas de mettre un chapeau de soleil, sans lui tu risques l'insolation.

• Monnaie : la livre égyptienne est divisée en piastres (100 piastres dans une livre).

• Dans les souks, tu pourras marchander pour faire baisser les prix. Cela fait partie des usages, par contre si tu obtiens le prix que tu avais fixé, il te faut acheter l'objet ; en d'autres termes, ne joue pas avec les vendeurs.

• Les vendeurs ambulants baissent d'autant plus les prix que vous êtes près de votre voiture. Conclusion, attends d'être à la portière et tu obtiendras le meilleur prix.

• Il est recommandé de boire de l'eau minérale en bouteille afin de ne pas avoir de problèmes intestinaux.

• Comme les K, n'oublie pas ta lampe de poche et des piles de rechange pour visiter les temples et les tombeaux.

• Pense à acheter des pellicules photo sensibles car l'éclairage est faible dans les temples et tombeaux.

• Il y a beaucoup de poussière en Égypte, prends une housse pour protéger ton appareil photo.

*Impossible de se rendre en
Égypte sans parler du Nil...*

Le Nil est un des plus longs fleuves du
monde. Il naît au cœur de l'Afrique, au
Burundi. Sa source part d'une rivière nom-
mée Kagera qui se jette dans le lac
Victoria. De ce lac part le Nil Albert grossi
par les eaux de la rivière Semliki, qui devient
plus au nord le Nil blanc. Alors qu'il est
rejoint par le Nil bleu, il n'y a plus qu'un
fleuve, le Nil. Ainsi, le Nil traverse le
Burundi, l'Ouganda, le Soudan et l'Éthio-
pie avant d'atteindre l'Égypte et le barrage
d'Assouan. Sans le Nil, l'Égypte serait un
désert. Depuis toujours la fonte des neiges
et les pluies provoquent une crue qui

*Sur les rives
du Nil*

144

recouvre toute la vallée. Lorsque le Nil retrouve son lit, il laisse une terre fertile facile à cultiver. Pour profiter du Nil toute l'année, des barrages ont été construits ce qui permet d'obtenir trois récoltes par an et d'irriguer de plus grandes zones.

Puis le Nil longe la Vallée des Rois, Thèbes, Karnak et Louxor.

Felouque sur le Nil

Aux portes du Caire, le Nil est large de 800 mètres et après avoir traversé la capitale, il se divise en deux bras et de nombreux canaux pour rejoindre la Méditerranée. Jadis, le Nil se ramifiait en sept branches mais les barrages ont permis de mieux réguler le débit du fleuve. La légende d'Isis et d'Osiris est née dans le delta du Nil.

La pyramide est le tombeau des pharaons depuis le début de l'Ancien Empire. La première a été construite à Saqqarah par l'architecte Imhotep pour le roi Djoser.

À Guizeh, se trouvent les pyramides des pharaons Chéops, Mykérinos et celle du roi Chéphren. Les pyramides ne sont pas des éléments isolés mais forment un ensemble funéraire.

Les pyramides veillent sur Le Caire.

Dans la Vallée des Rois, où la montagne forme une pyramide naturelle, les tombeaux souterrains ou hypogées sont creusés dans les parois rocheuses.

146

Non loin de là, à Karnak et Louxor, s'élèvent les temples, dont le grand temple d'Amon, et des obélisques.

Un obélisque a été rapporté d'Égypte et érigé en 1836 au centre de la place de la Concorde à Paris. Il pèse 250 tonnes, est d'une hauteur de 23 mètres dont 4 de socle. C'est un cadeau du vice-roi Mehemet Ali.

Sans aller dans le désert...

Le désert est un milieu particulier. Au temps des pharaons, le transport se faisait au moyen d'ânes qui, petit à petit, ont été remplacés par des dromadaires. En Égypte, il existe deux grands déserts : le désert libyque et le désert arabique.

Le désert libyque s'étend à l'est du Nil jusqu'à la frontière libyenne sur environ 800 km. Il représente à lui seul les 2/3 du territoire égyptien, ce qui est considérable.

Le désert est un milieu peu accueillant voire hostile, et surtout aride. Les pluies y sont très rares et l'été, la température atteint des records. Le soleil est très dangereux : souvent, les caravanes des nomades sont équipées de vitres filtrant les ultraviolets. Les vents sont également redoutables.

Dans les dépressions du plateau libyque,

on peut cependant trouver des oasis comme Farafra, Bahariya, Dakhla et Kharga. Ces lieux, très différents de l'Égypte du Nil, sont fascinants et renferment de nombreux sites historiques peu connus. La population du désert a une culture bédouine et cultive les palmiers, les dattiers et le papyrus.

La faune de ces déserts est surtout représentée par des dromadaires, appelés la plupart du temps chameaux, bien qu'ils n'aient qu'une bosse.

Dans le désert arabique situé entre la mer Rouge et le Nil, on peut observer des hordes de gazelles protégées, des renards, des oiseaux migrateurs et de redoutables scorpions.

Sans oublier le désert du Sinaï, «56000 km² de rien ». Ce désert, qui semble surgi d'une autre planète, présente des montagnes abruptes, des crêtes rocheuses et puis des couleurs rouge, rose, ocre jaune, brun, mauve, indéfinissables.

Sans visiter le Caire...

La ville du Caire, capitale de l'Égypte, est située sur le Nil en amont du delta. Avec environ 9 millions d'habitants (13 millions si on compte la banlieue), elle regroupe à elle seule un quart de la population égyptienne. C'est la plus grande ville d'Afrique.

Le Caire est un important centre commercial, administratif et culturel. On y trouve des mosquées anciennes, des remparts, des portes imposantes, la citadelle datant du XIIe siècle mais également des palais et des mausolées. Le Caire abrite le plus grand musée d'art égyptien.

Si tu veux rapporter un souvenir original de ton voyage, il existe encore en Égypte de très nombreux artisans.

•Il est possible de faire fabriquer son propre parfum dans un village nommé Nazlet El Semman jouxtant les pyramides. À toi de choisir si tu préfères une dominante de musc, d'ambre ou de jasmin !

•Les papyrus que l'on vend dans la rue sont souvent fabriqués avec des feuilles de maïs ou de bananiers. Les vrais sont vendus dans les instituts du papyrus.

•Les souks égyptiens regorgent de magnifiques plateaux et assiettes en argent et en cuivre.

•On trouve de nombreux bijoux en argent et en or. Les pierres semi-précieuses les plus fréquentes sont les turquoises et les lapis-lazulis.

•En musique, cohabitent les vedettes internationales comme Oum Kalsoum, et la musique orientale avec comme instruments l'aoud – sorte de luth, le ri – un tambourin et le nay – une flûte.

Les spécialités égyptiennes qu'il faut goûter...

Le *mezzé* – tous les plats sont mis sur la table :

Tahina : crème à base de sésame

Homos : purée de pois chiches au sésame

Babaghanouj : purée d'aubergines au sésame

Taameyas : boulettes de fèves frites aux herbes et au sésame

Salata baladi : salade de concombre, de tomates et d'oignons

Wara'einab : feuilles de vigne farcies

Kebab : brochettes de mouton

Kofta : brochettes de boulettes de viande hachée

Baklawa : dessert feuilleté aux amandes

Konafa : pâte de pistache, noisettes et noix, entourée de vermicelle au miel

Deux plats de base dans la nourriture de la majorité des Égyptiens :

– le *foul* est un plat de fèves brunes longuement mijotées en ragoût et relevées d'huile d'olive, de citron et de cumin. Le foul se mange dès le petit-déjeuner.

– le *kochery* est un mélange de riz, de lentilles brunes, de macaronis, d'oignons frits, le tout arrosé de sauce tomate et de sauce pimentée.

Les rites dans l'Antiquité

Dans la tradition de l'Égypte ancienne, l'au-delà est un prolongement heureux de la vie.

L'Égyptien prépare sa dernière demeure pendant toute son existence.

Le corps du défunt est embaumé selon des rites particuliers et momifié à l'aide de bandelettes. Puis il est mis dans un cercueil appelé sarcophage qui est enterré. Dans le tombeau, le sarcophage est entouré des objets familiers du mort, son lit, sa vaisselle, ses bijoux et de la nourriture.

Dans l'au-delà, le défunt subit le jugement d'Osiris, assisté d'autres dieux : une sorte de bilan de sa vie.

Comme le lui a enseigné le *«Livre des Morts»*, il peut espérer que son âme – son Ba, oiseau à tête humaine – sorte au grand jour.

Les tombeaux des rois sont érigés en pyramides.

Dans l'Égypte ancienne, les Égyptiens croient en plusieurs dieux.

Les dieux des Égyptiens empruntent leur forme à l'homme, à l'animal et aux éléments de la nature. C'est un monde divin complexe.

Ré : dieu soleil - patron d'Héliopolis.

Anubis : patron des embaumeurs.

Khépri : il représente le soleil levant.

Nout : personnifie la voûte céleste, épouse de Geb, le dieu Terre.

Rénénoutet : déesse serpent qui préside aux récoltes.

Sobek : dieu crocodile.

Osiris : dieu de la survie après la mort.

Amon : dieu de la ville de Thèbes.

Ptah : dieu de Memphis.

Nekhbet : déesse vautour protectrice de la Haute-Égypte.

Ouadjet : déesse cobra protectrice de la Basse-Égypte.

Thouéris : déesse hippopotame, elle protège la mère et l'enfant.

Hapi : esprit du Nil.

Thot : dieu de la sagesse et de la science.

Hathor : sous forme de vache, elle devint déesse de la joie et de la musique.

Knoum : dieu bélier créateur de la vie.

Les calendriers

Le calendrier copte, qui est un calendrier solaire, est très proche du calendrier égyptien de l'Antiquité. Les 12 mois de ce dernier servaient de repère aux travaux des champs.

Ce calendrier est à peu près comparable au calendrier grégorien, c'est-à-dire le nôtre, sauf Noël qui a lieu le 7 janvier et la nouvelle année qui commence le 11 septembre.

Connais-tu le nom des mois coptes ?

Toubah	déc-janv	*Masri*	juil-août
Amchir	janv-fév	*Nasi*	août-sept
Barmahat	fév-mars	*Tout*	sept-oct
Bachon	avr-mai	*Babah*	oct-nov
Baunah	mai-juin	*Hatour*	nov-déc
Abib	juin-juil		

Fêtes coptes :

Noël : 7 janvier
Épiphanie : 19 janvier
Annonciation : 21 mars

154

Dans le calendrier musulman, par contre, aucune fête n'est fixe car il se décale de 11 jours chaque année par rapport à l'année précédente. Imagine un peu avoir ta fête ou ton anniversaire chaque année un jour différent ! Pas facile de se repérer pour nous !

Les mois du calendrier musulman (lunaire) sont les suivants :

Moharram
Safar
Rabia-el-aoual
Rabia-el-thani
Gamad-el-aoual
Gamad-el-thani
Ragab
Chaaban
Ramadan (jeûne)
Chaoual
Zoul Qeda
Zoul Hegga

Fêtes musulmanes :

Aïd el Fitz : marque la fin du ramadan - avril.

Aïd el Hadd : fête du mouton (70 jours après la fin du ramadan).

Nouvel an musulman : mai.

Mouled an-Nabi : jour de naissance du prophète - juillet.

Le système des hiéroglyphes

On appelle hiéroglyphes l'ensemble des signes qui forment la langue égyptienne dans l'Antiquité. Elle a été déchiffrée par Jean-François Champollion, égyptologue français (1790-1832).

Il existe trois sortes de signes qui se combinent :

• 1. ceux qui représentent des idées :

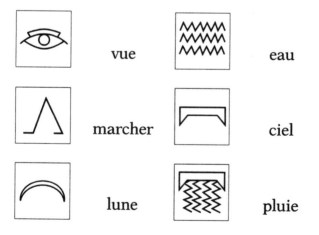

• 2. ceux qui expriment des sons comme un rébus :

soleil = ré = r+é

• 3. les déterminatifs qui précisent la catégorie du mot et son sens :

Le soleil détermine non seulement l'astre, mais les mots en rapport avec le temps.

Illustrations du dossier : Morgan.

À partir de dix ans

UN FANTÔME AU PENSIONNAT
Thomas Brezina.

LE MYSTÈRE DU CHÂTEAU HANTÉ
Thomas Brezina.

PANIQUE SUR LE TÉLÉSIÈGE
Thomas Brezina.

LE SECRET DE LA MOMIE ROUGE
Thomas Brezina.

CARTON ROUGE OU MORT SUBITE
Philippe Barbeau – Roger Judenne.

DÉTECTIVE ZÉRO ZÉRO NUL
Michel Amelin.

**LE MYSTÉRIEUX CAR
DE MOINS LE QUART**
François Charles.

LES 7 CRIMES D'HONORÉ B.
François Charles.

À partir de douze ans

AGATHE EN FLAGRANT DÉLIRE
Sarah Cohen-Scali.

À L'HEURE DES CHIENS
Évelyne Brisou-Pellen.

ALLÔ ! ICI LE TUEUR
Jay Bennett.

ARRÊTEZ LA MUSIQUE !
Christian Grenier.

ASSASSIN À DESSEIN
Claire Mazard.

L'ASSASSIN CRÈVE L'ÉCRAN
Michel Grimaud.

L'ASSASSIN EST UN FANTÔME
François Charles.

@SSASSINS.NET
Christian Grenier.

BASKET BALLE
Guy Jimenes.

LE CADAVRE RENVOIE L'ASCENSEUR
Hervé Fontanières.

CENT VINGT MINUTES POUR MOURIR
Michel Amelin.

CHAPEAU LES TUEURS !
Michel Grimaud.

LE CHAUVE ÉTAIT DE MÈCHE
Roger Judenne.

COUPABLE D'ÊTRE INNOCENT
Amélie Cantin.

COUPS DE THÉÂTRE
Christian Grenier.

DES CRIMES COMME CI COMME CHAT
Jean-Paul Nozière.

CROISIÈRE EN MEURTRE MAJEUR
Michel Honaker.

DAN MARTIN DÉTECTIVE
Lorris Murail.

DAN MARTIN FAIT SON CINÉMA
Lorris Murail.

DAN MARTIN FILE À L'ANGLAISE
Lorris Murail.

LE DÉMON DE SAN MARCO
Michel Honaker.

LE DÉTECTIVE DE MINUIT
Jean Alessandrini.

 Retrouvez toutes les collections
Cascade sur : **www.cascadelesite.com**

L'AUTEUR

Thomas Brezina est né en 1963 à Vienne, en Autriche. Il est devenu en cinq ans l'auteur le plus connu des jeunes lecteurs autrichiens. Sa notoriété a vite dépassé les frontières de son pays puisque ses livres ont été traduits en plus de dix langues, totalisant près de 15 millions d'exemplaires vendus.

LES ILLUSTRATEURS

Michel Riu est né à Paris en 1956 mais ses racines sont catalanes. Après quatre années d'études de dessin à Bruxelles, il se consacre plus particulièrement à la bande dessinée.

Morgan est né en 1948, il a débuté comme dessinateur de presse et d'humour. Il vit où soufflent les vents d'ouest, dans les montagnes noires du centre de la Bretagne. Il y trouve son inspiration pour créer illustrations et affiches originales.

Aubin Imprimeur
LIGUGÉ, POITIERS

Achevé d'imprimer en septembre 2001
N° d'édition 3663 / N° d'impression L 62385
Dépôt légal septembre 2001 / Imprimé en France